LOCUS

LOCUS

LOCUS

LOCUS

to

fiction

to 095

河畔小城三部曲之三：時光靜止的小城

Harlekýnovy milióny

作者：赫拉巴爾（Bohumil Hrabal）

譯者：楊樂雲

責任編輯：翁淑靜　封面設計：張士勇

內頁排版：洪素貞　協力編輯：黃怡瑗　校對：陳錦輝

法律顧問：董安丹律師、顧慕堯律師

出版者：大塊文化出版股份有限公司

臺北市10550南京東路四段25號11樓

www.locuspublishing.com

讀者服務專線：0800-006689

TEL：(02)87123898 FAX：(02)87123897

郵撥帳號：18955675　戶名：大塊文化出版股份有限公司

總經銷：大和書報圖書股份有限公司

地址：新北市新莊區五工五路2號

TEL：(02) 89902588　FAX：(02) 22901658

初版一刷：2017年4月

定價：新臺幣260元

Printed in Taiwan

Harlekýnovy milióny

時光靜止的小城

赫拉巴爾（Bohumil Hrabal） 著
楊樂雲 譯

1

在小城郊外，我的時間停止了的小城郊外，有一座大莊園，這莊園現在是領養老金者的養老院。通往這莊園只有一條爬上山岡的林蔭道，一條由成行老栗樹的樹冠從兩側架起的隧道，走在這條路上，就彷彿走在長長的哥德式拱頂底下。老栗樹的繁枝不僅搭在一起，而且相互纏繞，大風吹來，它們便結成一個整體。樹冠的枝葉爲爭奪些許陽光，累得精疲力竭，枯萎了，因此道路上總是落滿因長期摩擦而斷裂的、碳化了的枯樹枝。有時候，無風也會突然掉下一整截樹枝，打在沙地上。遇到這種情況，就像見到屋頂掉下一塊瓦，你把它拾起來扔到一旁，心情卻不免沉重：它有可能把你打傷啊。無論什麼時候，我踏上這條林蔭道，就對自己的生命不太有把握了。我舉目往前看，這條路約有五百公尺長，插進樹冠的黑色支撐木棍，看上去很像騎士比武得勝後舉起的梭鏢和長矛。我可以不走這條林蔭道，而走旁邊的一條小路，那裡的樹枝幾乎垂到地面。從春天到秋天走這條小路是很愉快的，可以觀賞青翠的嫩葉和繽紛的繁花，夏末秋初可以目睹果殼裂開，棕色的栗子從殼裡蹦出來。可我還是喜歡走那條由黑漆漆的樹木構成拱頂的林蔭道，它的盡頭便是莊園的兩扇烏黑大鐵門，這兩扇門是藝術工匠用錘子和鉗子鍛造出來的，形狀有如被打下塵世的黑天使的一對翅膀，大門只在探視日才打開。當你從林蔭道朝大門走來時，即使在陽光明媚的日子，這條路也光線昏暗。儘管四周遍地陽光，青枝翠葉，色彩斑斕，然而在這裡，你緩緩往上走，卻走進了地下墓穴的陰暗，隨時都會有黑樹枝突然掉下來。可是在莊園裡，鋪了細沙的幽徑和庭院，在陽光中卻顯得格外潔白，鑄在大門翅膀上的史博爾克伯爵的姓名首字母和族徽也映襯得黑亮醒目。這些字母就像弗蘭欽寫在啤酒廠帳本上的飯店老闆的姓名首字母，總是寫成花體字，用紅色和藍色的墨水筆勾勒，猶如小書本封面上的首字母。大門旁邊，在最後那棵大栗樹下，有一棟小屋，裡面坐著看守大門的人。即使在太陽當空的大白天，這小屋也亮著燈。林蔭道的陰影如此濃重，從春天到秋天，樹冠的枝葉把陽光完全遮蔽了。在這棟小屋，我們這些安養的老人們輪流值班看守大門。在昔日的伯爵府看守大門，這可是令人肅然起敬的差事。每天十點鐘，每個在這裡看守華麗大門的人，一到十點鐘就完全變了。檢查每一個走進大門的人是莫大榮幸。因此，儘管有些人在這養老院裡床挨著床，就餐時並肩而坐，可在這大門口卻成了陌路人。看守大門的人會盤問來人爲何來此，即使是朋友，一到十點，看守大門的人便會忘記所有同院人的面容，因此無論是誰想進門，都不僅要通報姓名，而且得出示證件以證明自己確實住在這裡。因而沿著林蔭道走上山岡的感覺是美好的，哪怕是一個普普統統領養老金的人，一個普通人，哪怕處境悲慘，疲憊不堪，但是在濃蔭中走上山岡，看到那巨大的、鍛造精美的黑鐵門，那長矛似地桿子和矛尖，那能工巧匠打造的圓圈和翻騰的波浪。跨進大門的感覺是美好的，穿過花園，順著一條細沙鋪地、兩旁種著矮紫杉的道路走進庭院，看到那些跟我一樣也是領養老金的人，老先生老太太，散著步，一瘸一拐走著，相互觀察健康狀況，就這樣直至聽到呼喚吃早點、吃午飯，又是吃點心，直至最後吃晚飯。對我來說，每次突然來到莊園的門前，心頭總是美滋滋的，當陽光和燈光照耀時，這莊園就成了米黃色，牆上閃著光芒，顯得溫暖，令人眼花。直到過了一會兒，當你適應這種米黃色的光亮之後，你就會注視那碩大的時鐘，黑鐵板鍛造的鐘面滿滿地遮住了大樓第三層樓和第四層樓之間的那塊牆面。黑色的長短針是鍛工高手製作的，大得像魁梧壯漢。我第一次看到這鐘時，心裡不禁一驚，雖然當時是在午前，時針卻指在七點二十五分。從那時起，這裡時間就一直是七點二十五分，大鐘停了，已經沒有人會修理或者有理由修理它。說來可悲，它指著的永遠不動的時間在這莊園恰似 Memento mori[1] 標誌，因爲在這裡以及在這一帶，眾所周知，老人大多死於晚上七點半左右。當我第一次站在這裡，當我看到那些巨大的鑽天楊樹、橡樹和黑沉沉的雲杉高於這莊園的屋頂，馬蹄形的花園懷抱著端端正正建在朝南方向的屋宇，當我的目光回到正面牆上時，我看到這牆灰泥剝落。這裡那裡露出原來的牆面，那上頭好像裝飾著很大的文字，鐫刻在變硬的水泥上。由於莊園地處時間停止了的小城郊外的山岡上，我聽到風，不停呼嘯的風，颳得樹葉繞著房宇呼呼飛舞，百年老楊樹無風也瑟瑟顫抖，百萬張小葉子不停地掙扎著，想從百萬根樹枝上掙脫出來。我第一次來這裡，就注意到各個大廳都有陽臺，這些陽臺也像大門一樣，都出自藝術工匠之手，形狀有如透明的大浴盆，透明的、伯爵使用的雪橇，透明的帶篷馬車，豪華墳墓的小墓園，我看到安養的老人們坐在這裡曬太陽，他們沉默不語，一動不動，頭靠在裝飾著種花木槽的陽臺欄杆上；枯萎了的矮牽牛、曬黑了的金魚草和百日草從木槽裡掛下來。時鐘下面只見一雙垂著的手，癱軟疲憊的手臂，低垂的手有如枯萎的花朵，白得耀眼的襯衫遮住了手腕。透過鐵欄杆，我可以看到一把椅子和坐在上面某人的一雙分開的腿，身體則被綠色的木槽擋住看不見了。就在這時，大樓一側的一根排水管脫了鉤，它像十字路口的攔道木那樣緩緩落下，像大時鐘上的分針迅速落在一個點子上，然而這生鏽了的管子卻沒有落到地上，它掛在那裡搖搖欲墜，令人望而生畏，從管子裡撒下一地的鐵鏽、鳥窩和枯樹枝。有時我想，莊園灰泥剝落的牆，實際上與這些年邁的安養老人們的臉很相似，而時鐘停在七點二十五分，這也像放在膝蓋上的手。我從灰泥剝落的地方，看到原來這牆是大塊砂岩和黏板岩用粗灰泥砌成的。每一個年邁養安養老人的臉！養老院裡也有年輕的、領撫恤金的人，臉上甚至一道皺紋也沒有。但這些人的目光總是游離在別處，總是若有所思，彷彿竭力回憶什麼事情，卻又無論如何也想不起來了。也許他們並沒在回憶什麼，他們臉上甚至流露驚喜之色，彷彿一瞬間想起了什麼美好的事情，什麼恢復健康的事情，給人帶來利益的事情。他們的臉讓人看著覺得他們氣質高貴，覺得他們曾經學識不凡，實際上他們現在學識不凡，正處於人人渴望的、某種認識的巔峰。不過，也只是我這麼認爲。就這些人來說，他們現在的偉大成就，乃是準確無誤地走進這個莊園，找到自己的房間和自己的床位。後來，一扇鑲著玻璃的門霍地

1 拉丁文，意為死亡警告。

推開，玻璃反射的光芒在庭院裡晃了半個圓圈，耀得我眼花。我扭頭一看，只見二樓的陽臺上走出一個大鬍子男人，他兩手扶著欄杆，身體轉向右邊，接著又轉向左邊。這老先生想必就是史博爾克伯爵本人了。他抬起的下巴上絡腮白鬍子閃光。此時，他裝出看天氣看景色的模樣，擺出一副名門望族的姿態僵立不動，沉思著，彷彿在品味自己的處境，表明他在這養老院裡是個錯誤。後來，通往前廳的柱子那裡有張臉動了一下，我吃驚地發現，原來那是一個老婦人的臉。老婦人坐在輪椅上，兩手緊抓扶手，聳著手臂和肩膀，於是，她的後背就像椅背一樣直，我老以爲那是斯芬克斯[2]像。她的對面，在另一根柱子旁邊坐著的那個婦人，神態同樣莊嚴，猶如斯芬克斯像，輪椅扶手也靠在柱子上。因此，兩個不能行走的領養老金的婦人，坐在黑色輪椅上在那裡曬太陽，她們的裙子塞在坐墊底下，活動板子下面有白搪瓷尿盆閃光。後來，彷彿微風從北面歌唱著輕輕吹來，吹得樹葉簌簌拂動，我聽到了遠處傳來的樂曲聲，一首弦樂，很像我聽過的卓別林電影《馬戲團》中持續不斷的伴奏曲，或者以土魯斯·羅特列克[3]生平爲題材的那部電影的伴奏曲，呼喚出一張苦笑的臉。這樂曲在我心裡浮現的感覺，就跟莊園那扇精美的大門一樣。然而，儘管如此，我發現那些領養老金的人並不注意這音樂，他們散步，坐在小長凳上，用手杖在沙地上胡亂劃，或者只是那麼坐著，默默地嘬塊糖或薄荷糖。

莊園管理處旁邊，有一條寬敞的、空氣清新的走廊，露天走廊，不像前面的陽臺那麼華麗；這條走廊有十扇棕色房門，門上都有某種安全裝置。安養的老人們中唯有男性才到這裡來，靠在欄杆上看著下面發呆，一動不動僵立著。他們看著我，可是我知道他們沒有看見我，只是透過一扇無形的窗子在看過去，看過去的年代，那時候他們還年輕。他們執拗地爲某件如今已無法挽回的事情氣憤不已、痛心疾首。這件事現在已無足輕重，可是人偏偏現在才成熟，而事情發生的原因，爲什麼會發生，已經消失不見了……在這長長的走廊裡，我看到這支弦樂曲怎樣飄落，輕煙似地縈繞著每個人，它甚至這裡那裡，從開著的棕色房門裡流淌出來。我仔細察看，還走到前廳去看，那兩個坐在輪椅上、雙手緊抓皮扶手的婦人，依然像兩尊斯芬克斯塑像，弦樂隊的樂曲卻在她們周圍迴旋。我發現這音樂原來是有線擴音器裡播放的，它像玫瑰花叢圍著雕像似地圍著這兩位

---

2 即人面獅身像，位於埃及的開羅。斯芬克斯本是希臘神話中的帶翼獅身女怪，在歐洲很多國家的古代雕塑中都有類似地形式。

3 土魯斯．羅特列克（Toulouse Lautrec,1864~1901），法國畫家。少時雙腿兩次受傷，癒後成為畸形。

老婦人。我舉目四顧，看到在陽臺的每兩道門之間，在過道的托架上，都有同樣的小匣子，像餵鳥的那種小匣子，弦樂曲就是從這些小匣子、小箱子裡播放出來的，動人的充滿感情的合奏，或者一把提琴以無比焦急的琴音獨奏了樂章的主題……沒錯！這是〈哈樂根的數百萬〉，數百萬，舊時代一部無聲電影的伴奏曲，戀愛場面、傾訴愛情、接吻，動人心弦的伴奏，讓觀眾掏出手帕抹眼淚……現在，我站在這養老院的庭院裡，昔日史博爾克伯爵府的庭院裡，弗蘭欽在這裡爲我們倆租了個小房間。佩平大伯在這養老院的病房已經躺了三個月，在舊時代，人們管養老院叫救濟院。當我來此看望佩平大伯時，我曾誠心穿過前廳，誠心走平緩的坡道，瞧一眼旁邊的走廊，那裡有老年婦女在活動，她們撩開窗簾朝庭院裡張望……我還用眼角看一下躺在病房裡的老婦們，聞到兒童尿布的臭氣。我還偷偷看了看食堂，從前這裡可是史博爾克伯爵宴請上百位高貴賓客的地方。最後我走進病房區，大伯躺在幽暗裡的病床上，那邊還有九個病人在看著我，我又聽到了〈哈樂根的數百萬〉。我坐下來注視佩平大伯，見他只是兩眼一眨不眨地瞪著天花板，不說話，什麼意見也沒有，什麼情緒也沒有，只是躺著。我聽到遠處傳來〈哈樂根的數百萬〉，我感到這樂聲只是一種幻覺，藉以抵擋我在這裡看到的一切。我頭一次來這昔日的伯爵府探望大伯時看到的一切，令我感到難以接受，我曾多麼地痛苦！可是，發生了一些事情，讓我深爲震撼，我決定賣掉一切，弗蘭欽也同意，於是我現在站在這裡，站在這庭院裡。弗蘭欽租了一個小房間，用他每月的全部養老金再貼補一些，我們將在這裡住下去，像史博爾克伯爵家一樣，只有一個小房間。我們將在食堂大廳吃午飯，吃早飯和晚飯，像史博爾克家一樣，他們也在食堂大廳吃晚飯和午飯。我將在花園裡，在那些砂岩塑像間散步，我將有一天能頭頭是道地說出哪尊雕像意味著什麼，我將觀賞天花板上以希臘歷史故事爲題材的繪畫，我可以摸摸樓道壁龕裡潔白的希臘器皿，弗蘭欽將不斷地看手錶，生怕錯過收聽所有捷克語廣播的時間……這莊園我來過不下十次了，但身爲外人，一切都讓我吃驚、害怕。今天，我頭一次身爲住宿成員站在這裡，我將在此住下去，直到在我身上發生什麼事，有人突然來找我，對我甜蜜耳語，許下諾言，然後帶我出去，去到一個既沒有邊境，也沒有界線的地方。這莊園我來過不下十次了，可是今天我看到的事情、聽到的聲音和關係更爲準確，也就是說，跟以前不同了。

2

我住進這養老院已有一星期，可至今還沒有從驚訝中走出來。弗蘭欽實際上已把他自己從這個世界註銷了。他買了一頂棉帽，俄國人冬天戴的那種，有耳罩，小鉤子扣在下巴底下，如此一來，他在莊園裡走動，就如同圍在圍牆裡，腦海除了全世界各大洲的新聞和新聞評論之外，別無其他。反正我和他共同生活已有四十年，要說的話全都說了，我們已經無所希冀，無所期待。因此，我們只是呆呆地看著，看佩平大伯將怎樣先我們而去，去哪裡。我們只求最後那口氣不太艱難，但願我們彼此廝守扶助。在莊園，我每天總會發現什麼令我坐不住的事。莊園前面往下走曾經有個教堂，當時住著奧古斯丁隱修會會員，有很大的圖書館。如今這圖書館已成爲鍋爐房，修道院的食堂成了洗衣房，修道院神父住宿的小房間和飯廳，現在則是維修間。這裡像莊園裡一樣，天花板上也有繪畫，畫著《聖經》故事；洗衣房裡的牆壁灰泥剝落，但畫家的手跡仍然清晰可辨。修道院的中央供暖鍋爐燒的是焦炭和煤，煤渣堆在修道院前面。每隔一段時間，就有卡車開來把煤渣和爐灰運走。司機就住在花園的小屋裡，他與誰都交談，有些安養的老人上他家去，和他的孩子玩，傍晚與他喝啤酒。司機還每週兩次把專門倒在某個地方的餿水運走。殘羹剩菜的餿水氣味，二十公尺以內都會聞到，由於放在這特殊屋裡的餿水總要遲一天才會運走，二十桶滿滿的餿水裝車時就會溢出來，流到地板上，之後在那裡發酵。這些我不想說。養老院裡有一位先生叫勃爾卡，他每天晚上都去司機家，與司機的孩子玩，和司機喝啤酒，也許他們倆還是遠房親戚；就這樣輪到勃爾卡先生在大門口值班，每次司機開著大卡車來到，勃爾卡先生總是連忙跑出來，要他出示卡車駛出養老院的許可證，這還不夠，勃爾卡先生要司機出示身分證。好說話的司機笑咪咪地把身分證遞給他，可是嚴格的勃爾卡先生一絲不苟，他檢驗身分證上的照片與司機的面容是否相符，對了又對好幾次。之後，他把身分證還給司機，可還是放心不下，責任感讓他掀開帆布，仔仔細細一平方公分一平方公分地看，倘若傍晚，天色陰暗，他就打開手電筒仔細檢查，毫不偷懶。他爬上車去踩著沒有倒淨的餿水，用手電筒照亮空桶，掀開濕淋淋的帆布，最後總算滿意了，雙手也被殘羹餿水弄得濕淋淋的。可是爲了完全放心，他還鑽到冷卻器下面，撥動曲柄，從底下看馬路，以檢查是否有什麼東西想偷偷運進養老院，或者藏在帆布下面偷運出去……然後，勃爾卡先生與司機打個招呼，態度拘謹、冷漠。第二天傍晚，他又坐在花園小屋的土臺上，和司機的孩子玩，親自下山到第一家小酒館去買一瓶啤酒……我住進養老院已有一星期，可是依舊未能從驚訝中走出來。〈哈樂根的數百萬〉縈繞著整個莊園，有線廣播的小音箱不僅走廊裡有，它們還一個個掛在花園的樹上，用塑膠布罩著以防雨水，就像舊時代的乞丐用油布遮蓋他們的手風琴，永遠演奏暨笛圓舞曲的手風琴。弦樂隊悄悄包圍大樹，〈哈樂根的數百萬〉升入樹冠，像老常春藤的葉子似地飄落，養老院的走廊裡充滿令人愉悅的氣味，廉價的香水味，因此誰也沒注意這音樂。唯有遇到停電，〈哈樂根的數百萬〉樂聲中斷，猶如童話《睡美人》裡魔杖一揮，一切停止不動了，安養的老人便都抬頭看小音箱，發現沒有了那音樂就像沒有了亮光一般，人人都渴望再聽到那音樂，感到沒有它，養老院和花園幽徑的空氣就沒法呼吸。停電如果是在晚上或天黑以後，所有的人便都抬起腦袋看著那瞎眼燈泡和燈管，直看到燈光再亮、有線廣播接著播放音樂。這時，所有安養的老人，坐在臺階上的、在洗手間的、躺在床上的，都鬆了一口氣，再次以應有的神態聽音樂，興趣盎然。生活又開始流動，一雙雙幾乎要冒火的、不耐煩地看著上方的眼睛垂下了，看地板、看沙土，因爲所有安養的老人或因年事已高，或因患病，都低著頭；他們很注意地毯、地板和沙土的結構，小心翼翼地在上面邁步，因爲在這養老院走路必須十分小心，摔跤就意味著失去行動能力，意味著受傷，那在這裡就完了，因爲每一個能行走、能走到洗手間的人，被認爲是健康的。我在莊園信步蹓躂，走到一處大樹下面有鐵絲籬笆攔著的地方，草地上的小路到此結束。可是，我看到樹枝下面的鐵絲籬笆已被踩倒，我便拽著垂在面前的樹枝，跨過踩壞的鐵絲接著往前走。這條被禁止通行的小路長滿野草，幾乎難以辨認，然而它是通往莊園的一個平臺。我很緊張，生怕被護士或管理員或主任醫生瞧見，可是，想看一看這花園禁區的願望又如此強烈，我便徑直沿著籬笆往前走到欄杆那裡。在那裡可以眺望時間停止了的小城，可在欄杆前映襯著的藍天，卻高聳著許多碩大的雕像，青年男女的裸體雕像；年紀大的男子雕像，腰間鼓鼓囊囊纏著長袍，每尊雕像都立在高高的基座上，因此我得仰頭才能看到砂岩雕刻的人體。每尊雕像手裡都拿著東西，譬如物品、水果之類的……我在小城雖然住了四十多年，卻從來不曾有時間來此觀賞這成行的群像。這裡有一條條通往星際的幽徑，幽徑兩側種著修剪整齊的山毛櫸，背後聳立著十二個月份的雕像，每尊雕像高一公尺，周圍是山毛櫸茂盛的枝葉，山毛櫸的枝葉都觸到那些美麗的人體了。我在一尊裸體女雕像前站住，我不用看鐫刻在長了苔蘚的底座上頌揚五月的古老碑文和詩句。這年輕美女的雕像，那小乳房和魅人的腰肢，給我的感覺勝似一面鏡子。我明白了爲什麼養老院用鐵絲籬笆把這裡與花園隔開，我明白了年輕意味著什麼，年輕女人意味著什麼。我舉手撫摩雕像的腿肚、大腿和腰肢，我感覺到女性肌肉的顆粒，手指上有女性皮膚的彈性，我明白了爲什麼有些安養的老人甘冒風險，踩著籬笆過來和雕像一比丰采。我就這麼站著，仔細觀賞一張張面容和一個個身體，眼角瞥見這些雕像手裡拿著含有深意的東西。其實，雕刻這些物品是用以烘托雕像，它們甚至代表整個人類和整個大自然的各個時期，春、夏、秋、冬……於是，我站在五月雕像的面前，突然意識到我應該來這裡，一個像我這樣的人，趁還有時間，我能夠深入到每一尊雕像的祕密裡去，也許有一天，我能深入到所有這些雕像的祕密裡去，什麼是人生、週期，這些雕像對此能說出的，肯定不會比我多，我差不多已經全部走完了。我看到在這裡，這些砂岩雕像是一部可以閱讀的小說，故事裡的人在這裡等著我，要讓我在這石頭書稿中，讀到史博爾克伯爵和他那些來此散步的客人們肯定知道的事情，讓我在雕像中讀到人的故事。沒有人來這花園，它的下面就是彎彎的河水和紅色城牆環抱的小城，那裡，在河對岸高聳著的米色啤酒廠，它的煙囪、鐵皮屋頂閃閃發亮。在那裡，我度過的歲月超過四分之一個世紀。在那裡，我很幸福，因爲我漂亮、年輕，就跟這年輕的女雕像一樣，它的底座上被地衣遮得幾乎難以辨認的銘牌上刻著「五月」。我暗下決心，我要每天踏著禁止通行的小道來這裡，這些雕像有那麼多的話要對我說，因爲我不曾料到年華逝去得如此之快。眞是還沒來得及回頭看一看，卻已經要拔白髮了。想當年，我總覺得有得是時間，一切都有得是時間，老年與我不相干。因此我染髮，用面霜和按摩消除皺紋，弗蘭欽卻始終依然故我，我甚至覺得他跟三十歲的時候一樣。不過，他也在老，因爲突然間他也領養老金了，突然間我們搬進了河畔小屋，那是我自己繪圖設計的……突然間我過生日，我已六十歲，突然間六十五歲，突然間我得了牙周病，史洛薩爾先生幫我拔掉滿口牙齒，他向我保證說他將給我裝上一副比我原來的眞牙還要漂亮的假牙。史洛薩爾先生這麼說，他的眼神和聲音讓我相信了他，相信他說的假牙將比拔掉的那些眞牙更白亮。他說在美國甚至有這麼個習慣，到時候就讓牙醫把沒病的牙也統統拔掉，裝上可以在水龍頭下沖洗的牙，說蟲牙補了照舊會壞，會引起風濕和心臟病。我那次鬧牙痛是在秋天，史洛薩爾先生情緒很好，大家都說秋季是牙醫的天堂，因爲這是打獵和就醫的季節。我們小城的獵人們爲慶祝狩獵，每次都喝得爛醉，早晨他們要嘔吐，跑到溝邊或廁所去嘔吐，把嘴裡貴重的假牙也吐掉了。因此，整個秋季直到新年，史洛薩爾先生都忙得不可開交，晚上也得工作，幫他的打獵主顧修理或製作假牙，而這些人付給他的錢往往比初次裝的假牙貴兩倍。我牙床長好後去咬了石膏牙印，一個月後，興沖沖地跑去了，微笑著，因爲我知道這一天我將裝上一口瓷牙，一件藝術品，像史洛薩爾先生說的，粉紅色牙床上綻開的鈴蘭花。史洛薩爾先生走進工作間，出來時端了個錫盤，盤裡藥棉上放著個什麼玩意兒。他要我坐到椅子上，閉上眼睛張開嘴，然後，他先在我的下面牙床上放了個又冷又硬的東西，壓得我下巴往下墜，接著，他又往我嘴裡塞進一個更加可怕的東西，弄得我一陣反胃，開始嘔吐。可是史洛薩爾先生的聲音在幫我打氣，要我耐心地稍稍等待，等假牙全部溫暖。於是，我，剛才見史洛薩爾先生用錫盤托著他製作的拯救物走出來時高興得鼓掌的我，現在的感覺卻是他的鉗子在鉗住我整個腦袋。我感到自己死人般的蒼白，全身心在拚命抗拒這種淩辱。太可恥了，讓這種東西放進嘴裡，這種含有敵意的東西，像冷冰冰的山洞，上下都掛著鐘乳石。我付了錢，史洛薩爾先生信誓旦旦地說只要習慣了就會好，他說千萬不能摘下假牙，這是他精心製作的，晚上也得戴著睡，說上了年紀的女店員和女職員最受益，她們辦事或者做生意哪能沒有牙啊。他送我一直送到廣場，說實在的，他也只能陪著我；我從他的牙科診所走出來，他像陪個寡婦從墓地走出來。他扶著我，對我低聲耳語，告訴我別讓好奇的舌頭在假牙上亂舔，不然好奇不安分的舌尖會得丹毒，甚至癌症，他的一個主顧就被好奇的舌頭弄得患了病，必須先看精神科，精神科醫生對著她的耳朵大聲告誡她，千萬千萬不能放任自己好奇的舌頭，否則丹毒會轉爲癌症。史洛薩爾先生臨別時對我說，有些男人，缺德的男人，做了假牙，只戴一次就往抽屜裡扔，寧可學著用沒牙的牙齦啃麵包皮，說老繭完全可以代替牙齒，什麼話！他說我一向是個漂亮女人，不會丟他的臉，我會不惜任何代價戴著假牙的。他信賴地對我說，還摘下他自己的假牙遞到我眼前說，他也想把這假牙扔掉，可是天哪！倘若他自己都不戴，還怎麼勸別人戴呢？這不跟雜貨店的夥計柯拉什一樣啦，自己是禿子卻逢人就推薦生髮水，說保證有效。對於剛戴假牙的男人來說，最好的辦法是從銀行提取或向人借用或從妻子那裡要一千克朗一星期，請假坐到人多的酒館裡喝啤酒，從早喝到晚以增添勇氣，僅僅是爲了忘記假牙。當然，史洛薩爾先生說，不言而喻是忘記他嘴裡的假牙……我把頭抬得高高地走在廣場上，我必須把頭抬高，因爲我只要稍稍俯身，頭一低，牙就會從嘴裡掉出來。我感到心煩，哭了起來，因爲我已預見我是個老太婆了，從現在起，我將是個邋裡邋遢沒有牙齒的老太婆，因爲嘴裡有個我受不了的東西，即使我把全部存款從銀行取出來喝半年酒，只喝香檳和啤酒也不管用。我太瞭解自己了，我無法忍受，整個身心都在告訴我這假牙要不得，我越來越感覺受騙了。我的嘴裡被人安了個鐵匠的鐵砧子，一個裝菸頭和火柴棒的大玻璃菸灰缸，兩個刺痛人的河蚌，我的舌頭已經在那上面被刺了一下，嚇得它把嘴裡的異物統統摸了摸。我無法讓舌頭停下來，它並不好奇，只是嚇糊塗了，我這嘴饞的舌頭發了瘋，它流著血，痛不欲生。誠如獵人們常說的，捕獸器裡捕到的倘若是隻銀鼠，牠即使沒有受傷，夕陽西下時也會死去。因此，我一回到家，進門就從斯柯達四〇三型汽車裡抽出一件舊工具，用卸輪胎的鋼撬卸下假牙，放在桌上。我看著這些牙齒不禁心驚，它們在恥笑我，甚至笑開了花。我三兩下就把這昂貴的牙齒砸碎了，啤酒瓶似地破碎了，我發瘋似地劈劈啪啪一陣打，直打得粉紅色牙床落在塵土裡，牙齒在廚房四處飛濺，我把碎渣掃掃扔進爐子……復活節大掃除，我搬開廚房桌子時還掃出幾顆假牙……我站在砂岩裸體年輕女雕像前，每隔半小時，山後的什麼地方便有一架軍用飛機起飛，到莊園上空升至平飛高度，轟響著呼嘯而過，有時是整支飛行中隊，一架接一架，噴射發動機和機翼的聲音構成一陣哀嚎和呻吟，猶如發生了自然災害、大難臨頭。我站在那裡凝視那寧靜明媚的面容，她被包圍在讚揚、渴望和愛戀的霧靄中是必然的，天空映出她的側影，夕陽在巨大的橡樹後面落下，雕像的鬈髮上方，蔚藍的天空有一道明亮的光，一架飛機在萬里高空飛行，機身後面留下氖氣線條，有如玻璃工匠手持鑽刀在玻璃上畫線，割開時輕輕拍一下就行。一架升高的飛機一會兒被砂岩雕像的腦袋遮蔽，一會兒在砂岩美人的眼睛旁邊鑽了出來，飛越它的頭，猶如簡單風格的女帽上的一枚小別針……我轉身回去，眼睛看著自己的鞋子怎樣在鋪了沙子的幽徑上有節奏地移動。走過其他月份的雕像時，我沒有抬頭看，我知道它們在這裡等著我，來日方長，我還會有時間找到力氣來此觀賞巴洛克雕塑家們爲史博爾克伯爵、爲我，雕塑的這些砂岩雕像……當我跨過踩倒的鐵絲籬笆，小偷似地悄悄回到養老院時，小城郊外傳來一聲驚雷似地巨響。每次聽到這聲音，我總有一種感覺，彷彿啤酒廠倒塌了，聖依利亞教堂倒塌了，這次我則感覺莊園倒塌了。我等了片刻，也許是兩架噴射機在養老院上空相撞了吧，馬上會有一塊塊東西劈頭蓋臉地落下來，埋掉這莊園和有雕像的花園……可是，寂靜無聲，原來只是飛機爲衝破速度障礙，撞擊空氣發出的巨響。儘管如此，我還是後退了三步，感到高處有個危險訊號，那排水管，只有一端掛著的破排水管，這時候掛不住脫鉤了，橫著落到地上，蹦了幾下便靜靜地躺在那裡，像一條死了很久的蛇。

3

在養老院，我住了一個月之後突然感到失望。原因是我總覺得自己跟別人不一樣，因此我曾暗自希望，只有我才去莊園的花園，偷偷地去，藏著一個祕密，做一件禁止做的事情，從一尊雕像走到另一尊雕像，提心吊膽怕被人瞧見。可是我發現，原來誰想去那裡，跨過籬笆就進去了，那道籬笆實際上只是爲引起安養的老人的注意，告訴他們籬笆後面有一座失樂園。因此我經常碰見養老院裡的人在那裡散步。一個星期後，我確實知道他們來花園並不看雕像，他們在這裡散步只是爲了消磨時間，他們坐在紅色山毛櫸遮蔽的小長凳上聊天，但更多時候，只是默不作聲，呆呆地望著前面。有陽光就好，安養的老人個個都虔誠地崇拜太陽，他們躺下，閉著眼睛，腦袋對著陽光，整個小時這樣伸長身子靠在椅子上，諦聽溫暖的陽光怎樣穿過臉上滿是皺紋的皮膚進入體內；在陽光中，好像人人都忘記了自己的處境。我看到有些安養的老人更喜歡曬背、曬脊椎，陽光溫暖著他們的脊梁骨，他們不時地呻吟，彷彿太陽光正用樟腦油揉擦他們的背。後來有一天，我在這裡結識了三位安養的老人，他們散著步，不說話，有時停下來你看看我，我看看你，似乎心照不宣，歎口氣接著邁步。在時間停止了的小城，我早就認識他們，但從沒有機會與他們交談。奧托卡爾．里克爾先生總是衣冠楚楚，夾鼻眼鏡或拿在手裡，或戴在鼻梁上。工廠管理員卡萊爾．費波內先生戴一頂無簷帽，司機常戴的那種。伐茨拉夫．科希內克先生不戴帽子，淺黃頭髮，他是火車司機，兩手不時舉到頭上，用手指梳他的頭髮。我舉目看了看史博爾克伯爵的貴族族徽，看了看七道羽飾排列在族徽兩旁。這族徽高懸在莊園出口的桿子上。當三位老人默然不語、沉思著從我身旁走過時，我轉身問道：「聽說你們是舊時代的見證人，請問誰是史博爾克伯爵？」他們站住了，打量我一下，又相互看看，彷彿正等著別人問這個問題；不是等每個安養的老人來問，而只是等著我問，甚至盼望我來問。他們早就認識我，但直到在這養老院裡，才面對面站在一起談一個問題，這問題保證比一顆球拋進賽場更有意思。伐茨拉夫．科希內克先生雙手舉到鬢角，按住不聽話的頭髮，然後開始說起來。他說史博爾克伯爵娶的新娘是斯韋爾茨．雷斯特的弗朗吉什卡．阿波羅尼雅女男爵，伯爵給她一年的考慮時間，倘若她心裡另有意中人，那就告訴他。後來，婚禮於一六八六年五月一日在斯萊斯柯舉行……說罷，他轉向兩個朋友，奧托卡爾．里克爾先生推了推鼻梁上的夾鼻眼鏡，接著說道：「他的妻子在這裡幫他生了兩個兒子，舉行了隆重的洗禮，但兩個兒子沒多久就都放進小棺材，埋在洛萊塔小禮拜堂的墓地，在修道院院落的西南角，後來遷到庫克斯。」里克爾先生說著，目光投向第三位舊時代的見證人費波內先生，費波內先生於是接下去說：「這莊園於是就跟修道院差不多了，奧古斯丁隱修會的修士們天天在這裡做彌撒，伯爵和兩個女兒也不反對；伯爵朗讀聖書，女兒沉迷於苦行主義，追求純潔的精神生活。大女兒艾萊奧諾拉加入了聖母瑪利亞領報會，伯爵讓她進了修道院，她二十多歲就去世了。第二個女兒安娜．卡代琴娜也想進修道院，伯爵生氣了，說修道院企圖掠奪他的全部財產。他要伯爵小姐參加歡樂的社交活動，親自給她找了個女婿，斯韋爾茨．雷斯特的一名男爵弗朗基謝克．卡萊爾．魯道夫中校。由於伯爵患有慢性病，莊園有嚴格的規定……」費波內先生說得出汗了，他摘下帽子，輕輕抹抹被汗浸濕的帽子。這三個舊時代的見證人忽然打從心底高興起來，哈哈大笑。他們看著我，見我眼睛眨也不眨地用心聽他們講這些事情，甚至帶著驚訝之色，驚訝他們對這些事情怎麼瞭若指掌，這樣出色的人怎麼也會在這裡，在這養老院，跟我和其他人一樣待在這裡。我這神色讓他們感到高興。三人一齊舉起手，伸著食指，我以爲他們在打拍子，馬上就要齊聲唱起來，可是他們卻像兒童在朗誦兒歌之前先點一點誰先被點出來似地，他們當眞數點起來，這次點到的是費波內先生，他瞇著眼睛開始說：「按照莊園規定，未經准許，誰也不得遠出到城裡去，晚上全都必須待在家裡，任何淘氣行爲都不允許，樂隊指揮和庭院長托比阿什·西曼在他的《日誌》中有記載……」費波內先生舉起雙手，睜開眼睛，做了個有力動作示意科希內克，科希內克先生便愉快地朗誦：「伯爵府女詩人科琳柯卜絲卡和她的情人海羅內姆因愛情糾紛受到懲罰，在全體侍從面前，在大院子裡挨打五十下之後，立刻被趕出莊園，他們兩個只留下了齊貝爾貝茨……」費波內先生還沒有說完自己那段，就已舉起手來指著奧托卡爾·里克爾，里克爾先生於是一手按在胸口朗誦：「依希·伏達伐、巴希賽克和齊蒙有時晚上去城裡玩，早晨他們面帶高尚娛樂的痕跡回來……事情暴露，挨了伯爵一頓揍。齊蒙對此不滿。由於抱怨，又挨了一頓揍。僕人辛潑萊克斯挨打，只因爲命令他跳舞他不聽從，夠荒唐的。另有一人，由於啃了乾酪、啜了一口葡萄酒而被懲罰。伯爵把獵人科斯多姆拉斯基訓了兩個小時，因爲獵人耽誤了一次打野鴨子的機會。伯爵嚴禁胡作非爲，誰若是褻瀆神明，他就下令給這個無可救藥的褻瀆神明份子嘴裡灌三匙車輪潤滑油。在禁獵區，伯爵若是看見有人生火，他會大發雷霆……」奧托卡爾·里克爾先生吁了一口氣看著兩個朋友，表明他說不下去了，要兩人中的一個接著說。費波內先生主動用雙手做了個開始的動作，愉快地說了起來：「在城裡，史博爾克伯爵注意到小學校的木板套窗只用一個兩爪釘掛著，便馬上命令教書先生在老市政廳前面坐在木驢上讓人笑話。教區神父巴賓斯基忍受不了伯爵，寧可離開這小城。因此，伯爵在這莊園一去世，他的死就讓一切都和解了。」費波內先生說罷，朝周圍看了看，用雙手做了個手勢，於是三個腦袋湊在一起，三個聲音同時朗誦：

「一七三八年三月十三日。」他們講完了，還不住地碰碰腦袋，閉著眼睛。這三位舊時代的見證人。我呢，我在小城演了三十年的戲，在哈萊克劇團總共演出六百場，令我不勝驚喜的是，我還從未見過這樣一齣未經任何排練就演出的戲，在這裡就這麼演出了，爲我而演。他們抬起頭出神地看著我，我鼓掌，並伸出手來。他們三個都握住我的手，看著我，興高采烈，彷彿在我這裡因我而找到了再次演出的機會；這些段子他們已敘述過多次，已經沒有理由再敘述，因此我對他們來說，也許意味著靈感，意味著十分有力的藉口讓他們再敘述，讓大家看看他們多有學問……那天晚上，吃過晚飯，這幾位舊時代的見證人便邀我一同散步。晚風搖撼著大樹，樹葉發出彷彿每根枝幹上都飛舞著一面小旗子的聲音。我們走出大門，走在林蔭道上，只聽見上面纏繞在一起的樹枝在搖晃摩擦、咯吱作響、呻吟，猶如停靠在港口的破舊小船和漁民的捕魚船。風從下面河水那裡吹來，帶著一股刺鼻的腥味。三位安養的老人沉默著。我們走在城郊，高高的路燈把街道、民房和行人都籠罩在黃色的燈光裡。然而，這裡的行人只有我們幾個，甚至連汽車和摩托車都沒有。我們走過窗戶旁時，發現到處有藍色的電視光透過窗簾閃爍。電視播放的是一場重要的足球賽，觀看的人叫嚷著，上千觀衆爆發出一陣陣歡呼聲。我們走到老圍牆時，科希內克先生拐進一個僻靜處。這裡的路燈不高，燒的是煤氣，矮矮的住房隱沒在樹影中，有籬笆與道路隔開，但透過縫隙，仍能看到藍色的電視光。下面，拉貝河的一條小河溝流動著，溝水污濁，溝底有食品罐頭和玻璃瓶罐的閃光。我們緩步蹓躂，煤氣路燈照見四周的屋宇、小花園、兔舍、家畜圈、水泥小院子、洗衣房、小樹，以及像河溝一樣病歪歪的醋栗叢。過橋以後，我們迎風面對好幾條縱橫街道，哪條街上都不見一個行人。我舉目看看我們走著的路，往上看，往下看，一個行人也不見，就連伊斯代茨街和艾利什契納街上都不見人影，沿途只聽到一家又一家傳出國際足球賽評論員的歡樂聲音。當我們穿過一條小巷走向大街時，一陣大風席捲全廣場的紙片、垃圾桶和垃圾，撲面而來。我們轉身倒著走，直走到大街上，後來風停了。公爵飯店的窗戶燈光暗淡，高處的窗戶則有明亮的電視機閃動，彷彿遠方冒出月亮。穿白衣的侍者都站著一動不動地看電視，廣場上卻沒有一個人影。黑死病紀念柱上的聖母塑像由四盞枝形吊燈柔和的燈光照射著，枝形吊燈燒的是煤氣，是上世紀的遺物，底座上有四尊聖徒的塑像，看上去像在舞蹈。里克爾先生戴上夾鼻眼鏡，兩手抹平塗了髮油的頭髮，抹得頭髮貼在頭上像一頂黑色泳帽。他低聲說話，眼睛瞧著兩個朋友，那兩位則像一絲不苟的專家，仔細地聽著每一個字，抬起眼睛看著上面，點點頭，表示毫無異見……「這座小城，」里克爾先生說著兩手抱住脖子，「在上一世紀六〇年代有三千五百人，三百四十棟房子，是一座內地小城，坐落在拉貝河異常富饒的黃金地段。這裡不僅生產糧食，而且還種植油菜。因此趕馬車的老遠從下克爾克諾什和下耶什傑基來這裡採購大麥、麵粉、小米、小扁豆和豌豆。這裡不僅產品名目繁多，多達十二種，而且城裡有三名鐵匠，二十六名裁縫，兩名製作皮帶的，兩名賣刀剪的，五名皮貨商……」兩位舊時代的見證人此時神色嚴厲起來，他們舉起手，先後喊道：「六名！」里克爾先生想了想，微微臉紅地改正說道：「皮貨商六名，陶器商三人……」科希內克先生舉起手，以高度清晰的聲音插話說：「陶器商什托爾巴在鮑布尼茨卡門有自己的陶器坊，他留下的只有一個放在角落的釉彩奶罐。」說罷他退下，鞠一躬，做個手勢要朋友接著說。我傾聽著，暗自驚訝這些事我怎麼一無所知，而這些事卻是我聽到過的事情中最爲美好的，因爲凡是有關我們小城的，不管什麼都是美好的。「雜貨鋪老闆二十三名，雜貨商九人，製作繩索的四人，其中有名氣的是克雷比赫，他住在薩魯比的普爾克，製帽工一人，製小帽的四人，梳子工一人，麵包師十一人，製造大車輪子的工匠兩人，鐘錶匠兩人，製革工五人，粗木匠一人，瓦匠師傅一人，收廢棄物的一人，趕馬車的一人，糕點糖果商兩人……」公爵飯店的大門霍地飛開，衝出幾個高舉雙臂的年輕人，他們激動地拍手，嘴裡高喊：「贏啦！」並在廣場上繞圈子。科希內克先生始終舉一隻手，看著這幾個年輕人興奮瘋狂地喊叫奔跑，直到他們最後一個跑出視線之後，才接著自己的話頭高聲補充：「最著名的糕點糖果商是揚．奧勃斯特，就連詩人奧達卡爾．狄爾都提到過他。」說罷他鞠一躬，退後一步，頭轉向旁邊，里克爾先生於是接著敘述：「做木材生意的一人，做馬具的三人，全姓霍羅姆茨基，細木匠四人，鞋匠十九人，小酒店也是這個數目，其中六家是燒酒店，做奶油的三人，製磚工兩人，肥皂商一人，書商兩人，漁夫一人。在札拉比，磨坊主兩人，卡萊爾．拉基姆斯基和約瑟夫．穆萊內克，鉗工三人，賣牛奶的一人，織布工三人，車床木工一人，理髮師兩人，鋪屋頂工一人，染坊工兩人，小商販五人，砌爐灶工一人，開小店經營綢布零頭的五人，麵粉倉儲業兩人，賣器皿的一人，玻璃商，名叫克拉薩……」奧托卡爾．里克爾先生的聲音有板有眼，激動、清晰，猶如背誦聖母祝禱文。一陣陣風把廣場掃得很乾淨，地磚閃閃發亮，像里克爾先生抹了油的頭髮。這時，從大橋街走出兩個身材高大的婦女，女巨人，佩平大伯見了一定會說她倆活像瑪利亞·特蕾西亞[4]。褪了色的金髮用白圍巾繫著，蓬蓬鬆鬆像撅著的羽毛，看上去她們像是好不容易才把頭髮抓在手裡往上攏似地。兩人邊走邊痛苦地訴說著，我甚至發現兩人中有一個眼裡含著淚水。她們在廣場上走著，一隻小狗在她們身旁跳躍，不停地圍著她們轉圈圈，但女巨人只管走路；兩人都在抽菸，菸頭不時被風吹得火花迸飛，星星點點的火花旋即熄滅。後來，我們往前穿過廣場走進一條小巷，只見每家窗戶都閃著藍光，螢幕上演員亂晃。科希內克先生高聲敘述道：「一百年前，咱們這座小城有二十家小酒店，十三家有許可證的小酒肆開在商場裡。此外，人們還有別的娛樂。到這裡來的有走江湖的藝人、魔術師、巫師。那年頭還有頗爲稀罕的在銀幕上放映的畫片，起先不會動，後來會動了，那可眞叫轟動一時。一九〇三年，在拉伊基什已經有個帳篷放映日俄戰爭的影片，演到日本人被俄國人打敗逃跑時，帳篷裡歡聲雷動。所有的影片都伴以解說，有時還伴有大留聲機播放的音樂。人們管這種影片叫『神奇的招魂術』。一八九八年五月十三日星期四，在貝利康家的貝塞達酒店放映了布拉格藝術家維克多爾·龐雷潑先生主演的電影。十一月四日星期天，在科尼謝采有類似地電影，放映讀者意見和斯霍貝爾的催眠術。一九〇八年，在拉伊基什已經有龐茨流動放映隊和考爾勃企業的 The Royal Biskop[5]電影放映隊。」我們走過大土堤，靜止不動的溝水在老栗樹低垂的樹枝下顯得黑漆漆的，鏡子似地水面上，透過燈芯草的葉叢反射出煤氣燈的光亮。我們沿著一座蕭瑟的高大莊園的長圍牆走著，從一扇鑿穿圍牆開出的門裡，我們看見一盞很大的煤氣燈照射著一堆堆收購來的廢鐵料，一堆堆報廢的冰箱、冷卻器、兒童車，一堆堆舊收音機和舊電視機。伐茨拉夫·科希內克顯得神情激動。大街小巷的上空鬧哄哄的，各家各戶電視的叫喊聲、歡呼聲與千百個觀衆爆發的激動聲音匯成一片，大海似地，猶如激浪拍岸，一陣有節奏的聲音緩緩退去，接著又是一陣激浪拍岸。在這浪聲之上是評論員壓倒一切的聲音，口氣堅定熱情。他的聲音轉成叫嚷、呼喚，接著便是軍號聲。科希內克先生敘述道：「我的爺爺從軍隊退役回來後，結了婚，在布拉格附近的米海爾地方當雇工。一八六四年，他帶著妻子和三個坐在兒童車裡的孩子步行到這裡，兒童車上還綁著幾件炊具。他來到這裡，在賽特里赫家工作。就在這地方，我爺爺

4 瑪利亞·特蕾西亞（Maria Theresa,1717~1780），曾為奧匈帝國女皇。

5 英文，Biskop 疑為 Bishop 之誤。The Royal Bishop，意為大主教。

當長工和馬車夫。」說著，他舉手敲敲大莊園灰泥剝落的圍牆，這裡今天已是廢鐵廢紙的收購站。他接著說道：「爺爺在長工屋有了住處。長工屋挺寬敞，每角住一家，爐灶在中間，大家合用。這些人既不知道什麼叫戲劇，也沒有別的娛樂。這種長工屋有好幾座。住戶除了天天做苦工，不知其他。由於每年有一次或兩次雇農或雇工可以盡情吃豬肉，宰豬節便成了他們的歡樂節日。我爺爺盼望的則是退伍老兵的聚會，會上他們一本正經地談論軍裝，例如軍大衣、軍階標誌的肩章、飾有雞毛的小硬帽、帽纓。排長的腰帶上有長穗，司令官胸前有值星帶，整團有自己的旗子……」他講述著，我們在寂靜的大橋上，朝自來水廠走去。風又颳起來了，捲著塵土、碎紙片和樹葉迎面吹來，我們再次轉身倒著走。我從各家各戶的窗子裡看到他們的房間，看到半明半暗的廚房裡有藍色螢幕的亮光。就這樣，我們繞了個圈子又回到廣場，風驅趕著碎紙片、冰淇淋的包裝紙、香菸盒，吹著它們像吹紙做的轉速不規則的小風車。從大橋街跑出三個胖姑娘，她們一路小跑步，身穿長袖長褲運動服，運動服外面還緊套著塑膠衣褲，這樣的包裝倒活像一盒巧克力從奧斯特洛伐跑來。她們跑過我們身旁時，空氣裡一陣香味。她們沒戴帽子，額上的頭髮滴下汗珠。她們一個勁地跑著，呼哧呼哧喘著氣，直跑得汗流滿面，像洗淋浴似地。可她們微笑著，跑進了艾利什契納大街，爲減少幾公斤體重而高興。她們深信只有這樣，才會像體重與身高相稱的姑娘那樣幸福……卡萊爾．費波內先生指著聖母像說：「一百年前，員警沒有太多的事情要做，哪裡有幾個醉漢，或者在哪個小酒館裡發生打架事件。那些小酒館現在已經不存在了，例如大小杜邦達酒館、內比切克酒館、紅手臂酒館、懶漢酒館等。員警另一個任務是檢查酒館的打烊時間，最後便是監督男孩子不得在禁止游泳的地方游泳，主要是不許他們在當時還是木板橋的欄杆上，往波德哈里若韋深水區跳水。警察局的頭頭是警務檢察長舒爾茨先生，他出外總是身著便裝，穿一件黑色燕尾服，頭戴威嚴又官氣十足的黑色有花紋的帽子。他很少在街上露面，除卻每星期一在市集上、星期四在廣場上於規定時間爲市集揭幕，高喊：『買賣開始！』於是，一名員警在聖母像的欄杆上豎起一塊有城市標誌的鐵牌子。」風又停了，三位舊時代的見證人從廣場走進大橋街，我走在他們中間。我們在公路上走，因爲沒有小汽車也沒有摩托車在這裡行駛，這些敘述令我聽得心臟怦怦跳；這些事我一無所知啊。我轉過身，這才看到眞實的廣場，我看到了這裡已經看不見但我和我三個朋友卻看見了的事情，這三個朋友是舊時代的見證人，我現在跟他們一樣了。我有些擔心，生怕說話不當，讓三位老先生不高興、生我的氣、討厭我，不再喜歡我。我暗自祝願他們長壽，至少活得跟我一樣長，好讓我不斷聽到更多的事情，很久以前發生的事情，它們將比古老的捷克傳說更令我激動。我們站在大橋上，風從河上吹來，吹過橋墩上高峙的路燈，吹來一股黃鐵礦和石炭酸的化學氣味。這些化學物質長年累月隨著河水流往赫伐萊茨基那邊，如此美麗的一條河成了工業下水道，棕色泥漿把水染得像個棺木盤，血紅的水已使人無法在此游泳。科希內克先生的淺色頭髮被風吹得高高的，他仰著輪廓分明的臉。敘述時，他的臉總是那麼漂亮。這位五十來歲的舊時代見證人顯得年輕，敘述使他年輕。他眼睛看著高處，思緒回到剛才講到的地方……這時他指著河對岸，那裡的屋宇在河岸的燈光中隱約可見，有些窗戶的黯淡亮光還映在水面上。他指點著說：「請看，那裡，此刻亮著燈的那扇窗戶，二十六歲的新聞工作者楊·聶魯達[6]，曾坐在費謝爾酒家的花園裡讚歎奧斯特洛伐的景色有多美。宏偉的拉貝河，堤壩的流水嘩嘩作響。聶魯達為姑娘們說一口純粹的捷克語而感到興奮、欣慰。」說著，他轉身指指城市，聖母瑪利亞的雕像高聳在廣場上空，燈光從底下照射著它。「那裡，那裡住著鐘錶匠弗朗基謝克·托納特，一八九〇年七月二十三日，在地區博覽會上，他為小城贏得了榮譽，申報了三種時鐘。」科希內克先生大聲說。河岸上的窗戶一扇接一扇亮了燈，亮光映在水面上，磨坊的一扇窗戶霍地推開，燈光照見一個年輕男子的身影，他兩隻手臂伸出窗外揮動著，大聲嚷嚷：「贏啦！」他邊嚷邊往空中扔花炮，點燃的花炮啪啪炸裂，彩色火花飛濺著落入河水……第一輛汽車駛過去，激動的司機搖開車窗高喊：「四比一，咱們贏啦！」他揮手向我們致意，科希內克先生點頭回禮，接著說：「那種豪華型的大掛鐘標有月份數碼，指出何月何日，星期幾。鐘高二點五公尺，仿照文藝復興時期的風格，價值兩百金幣。第二種是報時鐘，按時敲打報時。第三種是供咖啡館使用的，鐘上紅星跳動時，表示需要上弦了。」科希內克先生不再說下去，大橋街上亮著燈的窗戶紛紛推開，人們探身窗外，隔著街互相叫喊、鼓掌、祝賀。我們走到廣場時，只見到處都是奔跑著的人群，公爵飯店的臺階上旅客蜂擁而出；他們看了球賽，現在歡呼、叫嚷，活像自己打了勝仗……我們幾個手拉手擠出人群回莊園去，走到林蔭道前面的大栗樹那裡，風從背後吹來，吹得我們往後仰。這風彷彿要從後面把我們吹倒，彷彿在用一隻巨大而又柔軟的爪子撫摸我們的身體。在第一棵大樹底下，黑暗中伐茨拉夫．科希內克先生將我們聚在一起，我們不由自主地互相擁抱，搭著肩膀圍著一棵大樹，樹冠的枝葉則在呻

6 楊．聶魯達（Jan Neruda,1834~1891），捷克詩人、小說家、小品文作家、社會活動者，曾長期從事新聞工作。

吟、哭泣，科希內克先生對我們說：「現在一切都是數字、統計，人們的生活比過去的黃金時代好。《拉貝河觀察》本世紀初曾寫道，大部分外地工人的午餐過去和現在都是一塊麵包，喝點咖啡或一小盅燒酒，就這麼一點點，因爲燒煮的食物是不許帶到工作地點的，只偶爾有妻子或孩子可以送午餐來……」奧托卡爾．里克爾先生微笑著補充道：「在我年輕的時候，婦女的帽子有車輪那麼大，帽子上就跟小花園似地，還裝有打鳥的小機關。大帽子用二十公分長的鋼針別在頭上當裝飾。別針露在外面的尖頭相當危險，特別是在擁擠的時候，挨近這位婦人，可能會被針頭刺傷面部。因此大家進行了一場激烈抗爭，直至員警下令要求這種別針的針頭必須套上。」舊時代的見證人里克爾先生說著笑了，我們一個個也都笑了，彷彿回憶舊事讓我們都變年輕。可是起風了，颳得老栗樹乾枯的樹枝呻吟著，劈啪作響，然後落到林蔭道上，乾枯的枝杈跌在地上，有如一盞扯斷的黑色枝形吊燈……

4

史博爾克伯爵的莊園建在正南方向。每當雨過天晴出了太陽，南面的牆很快便會曬乾，而北面牆上的圓斑點地衣、灰色黴點和綠色苔蘚卻長得更多。北牆附近沒有人走動，因此從後面跨過傾倒的鐵絲籬笆就可以走進莊園的花園。這裡紅色的山毛櫸和一尊尊砂岩雕像相映成趣。雨天，這些雕像也下雨，雨水從砂岩軀體舉起的手臂上，從下巴和鼻子上滴落。雨後，太陽出來，凡是向南的雕像全都很快就乾了，而朝北的則依舊是濕的，點綴著黴點、青苔和地衣。於是，這些雕像就有點像老山毛櫸樹、橡樹和高聳的白楊樹幹，由於風是從北面和西面吹來，這些樹木朝北的樹皮總是粗糙的，長著地衣和青苔，而朝南的樹幹則光滑，尤其是山毛櫸和白楊的朝南樹幹如此光滑，讓我總忍不住要每棵樹幹都摸一摸；它們光滑得像海豚或海豹，我的手指感覺得出這種光滑……養老院的窗戶都掛著尼龍窗簾，天氣好的日子，安養的老人們整個上午都在走廊散步。走廊灑滿陽光，窗簾後面有眼鏡鏡片閃爍，時不時窗口會突然出現一隻手撩窗簾，於是窗簾便會有一刻工夫鼓脹著，像一隻受驚的鳥被人捉住了爪子。但片刻之後窗簾拉開，一個安養的老人擠到窗口，神色急切地推開窗子，幾個老先生和老太太探身窗外俯視庭院，就像有人在叫喊他們，或是突然感到窒息，需要大口大口呼吸一點新鮮空氣，因爲整個養老院總是彌漫著消毒藥水、藥品和尿布的氣味。所以不時便有五、六張面孔探出窗外，仔細地觀察一切，觀察莊園門前的動靜，目光追隨進出者的每一步，彷彿那是奇蹟，彷彿正有歡樂的婚禮或悲哀的葬禮走進庭院。實際上這是重演他們在家時的一幕。我在啤酒廠時，也會莫名其妙地被一陣強烈的渴望攫住，也會撩開窗簾、推開窗子探身窗外，儘管啤酒廠旁邊沒有一個行人，只偶爾有汽車駛過，或者個別馬車或牛車顛簸著路過，但我卻探出身子用心地看著，暗自感到驕傲，因爲我有家，有家庭，有漂亮的窗簾。但我常常開著窗，而且一年有四次從清早一直開到中午，因爲在時間停止了的小城，牲口市集一年一次，啤酒廠的窗戶附近，農民們、小商販們、吉卜賽人和本城人都來到市集。老遠地我就聽到馬嘶，然後，在我家窗戶附近的公路上，只見敞篷馬車後面有小跑著的五、六匹馬，有時甚至十匹，鬃毛裡夾著麥秸，甚至尾巴根的地方也有麥秸。馬匹嘶叫著，馬蹄敲打著車行道。趕牛的牲口販子有時趕的母牛有五路縱隊，富裕農民趕著自家的牛來到市集，母牛神態悲哀。有時，我窗口附近的牲口和馬匹有四、五百，留下一股牲口棚的臭氣。我探身窗外，看著人群，到下午人就逐漸稀少，牲口也少了許多，賣掉了。我也看到富裕農民、貧苦農民和他們的小乳牛走回家去，小乳牛又高興起來，牠們想念牛棚就跟我想念我的家一樣。當我第一次走進這個新家，這個史博爾克伯爵的大莊園時，庭院裡幾十張面孔從打開的窗戶好奇地看著我。在這粉刷得白得耀眼的過道裡，幾個老先生和老太太小心地走來，他們扶著欄杆，有的架著雙枴，吃力地一級一級走下臺階。我看到過道的牆上和拐彎處的架子上都裝飾著塑像，雪白的裸體年輕女子的塑像，希臘女神驚恐地舉起手臂躲避意外覺察的男性目光，我看到矯健的獵神塑像，一隻手有力地伸到背後去抽取箭囊裡的利箭，尚處於懵懂狀態的裸體少男，生殖器跟幼兒差不多，四肢也還柔軟……老先生老太太們在這些塑像旁邊走下去，走到庭院裡，拄著枴杖。有時，忽然有護士小姐不知從哪跑出來，黑色便鞋踏著輕快的步伐，雪白筆挺的小白帽在樓梯上飛過去，猶如一隻歡叫著的白色海鷗。小白帽的活動，讓安養的老人們已經緩慢和小心翼翼的步伐放得更慢了。我站在這裡的第一級臺階上，當我抬頭往上看時，看到天花板上裝飾著裸體男女舞蹈的壁畫，幾十個年輕身體在彩色壁畫中跳舞，目光熱烈，沉醉在舞蹈中。這些跳舞的男女衆神已不知自己周圍發生什麼事，他們手拉著手，光裸著身體在跳舞，以聽不見的響聲，從右邊向左邊跳去，但正跳著卻停住不動了，相互以渴望的眼睛對視著。安養的老人中，我認出有幾張臉是我原先在時間停止了的小城就認得的，他們看著我，也認出我來，從沒有牙齒的臉和臉上的皺紋猜出了這是我，是他們在廣場上經常遇到，從電影和戲劇中瞭解的人。因此，我們相互凝視片刻，頭髮灰白的雙方慚愧地微微點頭，聳聳肩膀，表示無可奈何，美好的開始卻有這樣的結局。由於弗蘭欽是啤酒廠的經理，他必須參加所有社會人士和黨派舉辦的大型舞會，在所有的舞會上我都是舞會王后。到後來，所有那些當時還年輕並像我一樣愛跳舞的人，都像天花板上壁畫裡的男女眾神那樣，目光中充滿跳舞和美酒帶來的醉意。我明白這些安養的老人第一次來到這裡時，他們也會驚訝地呆望著牆上和轉角支架上的雕像，也會站住看著天花板，一時間驚歎這美好的青春年華怎麼已經消逝，人老得比預期的快……支架上的有線廣播傳來〈哈樂根的數百萬〉樂曲聲，弦樂隊的這支樂曲纏繞著每個踏進其魔圈的人，然而這樂曲聽來卻不像幽怨，而更像憂傷的對舊時代的懷念。我走上樓，看一眼陽光明媚的走廊和大廳，朝南的莊園像一個又大又亮的玻璃魚缸，閃光的小魚在海藻中游動。然而，不是小魚，是眼鏡片的閃光，戴眼鏡的老人坐在那裡一動不動，目光呆滯，眼鏡隨著老人的心跳而難以被人覺察地微微顫動。我注意到有些眼睛淚光閃爍，不是爲年老落淚，是疲勞的眼睛裡永遠都有的眼淚，因而戴上眼鏡，猶如在舊時代哭腫了眼睛就戴眼鏡。我很快注意到，這莊園分兩部分，一邊住的是婦女，另一邊是男性。區別一目了然。女舍的走廊每扇窗戶的窗臺上都有花；莊園的牆壁很厚，所以每扇窗戶的窗簾面前，都可以放一張小茶几，幾把椅子，這裡於是就成了類似開小座談會的奇妙場所，像個小涼亭。我舉目朝這長長的走廊望去，只見陽光中坐著老婦們，她們有的穿著綢緞晨衣，另有一些，穿著一度曾是最漂亮的時裝，現已過時三十多年了。她們坐在那裡，手拿棒針或鉤針忙碌著，棒針和鉤針動得很快，手指上的線或毛線在抽出，棒針和鉤針就這麼飛快地動著，快得令人難以置信，彷彿這些老婦在編織一束束光芒，整個走廊都滿是銀針和顫動著的眼鏡片的反光。有些窗戶飄拂著鼓脹的窗簾，猶如旗幟，每一公分都被酸性化學物質燒了洞，被錯誤操作的洗衣機撕破。一個老婦把半個身子探出窗外，看著庭院，看得發呆。一個老婦彎腰在摘花盆裡花枝上的枯葉，還用髮夾幫花盆鬆土。當我站在這長長的走廊上，出現在衆人面前時，這些安養的婦女們都抬起目光看我，有幾個透過眼鏡片，另有幾個低下頭，從眼鏡片上面看我。我知道她們當中有幾個認出我來了，就像我們曾在市場上、在街上、在娛樂場所相遇，但她們卻垂下目光，繼續進行手上的工作。我甚至知道，如果我站在這裡看著她們，她們會一直編織到天黑，就爲了免得再一次看我。我抬起頭，又看到了巨大壁畫上閃動著棒針和鉤針的反光。當我後退一些，讓天花板上的反光移到別處時，我不禁爲天花板上飛翔著的幾百個小天使和可愛的裸體小寶貝吃了一驚，他們在壁畫上跳躍著、飄浮著，抬著躍起的小腳丫，胖嘟嘟的玫瑰色血腸似地稚嫩小腿，光裸的肚皮，舉著手，手裡抱著一大包異域花卉，夾竹桃、玫瑰花和杜鵑花，青枝綠葉滿天花板，其中在月桂和常春藤中間有成串的花朵，胖嘟嘟的裸體小寶貝把花朵從圓錐形的容器裡撒下來，撒在那些織著或鉤著小桌布、小毛衣和小圍兜的老婦們的頭上。數以千計的花朵花苞傾倒下來。這些孩子的眼睛裡也洋溢著歡樂，儘管他們還處於懵懂的童年，對兩性結合一無所知，但眼裡已充滿愛情的喜悅和渴望，閃爍著等待他們的愛情的歡樂之光；又好像他們誤飲了酒，飲了令人陶醉的甜蜜的葡萄酒。爲了不跌倒，小傢伙們不停地踢蹬著小腳丫，彷彿在游泳池裡，彷彿在水中游泳，彷彿空氣也是用來游泳的……我在這走廊上默默地走著，從開著的房門往屋裡看了看，看到三個房間都很陰暗，每間屋都有一扇北窗，稜角分明，窗外滿是陽光照耀的樹木。每間幽暗的房間裡，都閃動著橡樹和白楊樹葉片搖曳的亮光，看上去彷彿那北牆上有一個很大的彩色電視。我數了一下，每間房有八張床，這裡原本是伯爵的前廳。在幽暗中我舉目細看天花板，我看出了每張畫的內容：伯爵的這些壁畫從一個房間到另一個房間是有連貫性的，似乎是個系列，描繪一群情侶，背著仙女的神獸，半人半羊的薩蹄爾[7]與軟弱無力喝醉了的酒徒相愛。我看見一張床上躺著個老婦，一條手臂彎曲著搭在額上，凝視著這幅壁畫。我踉踉蹌蹌走了出來，走進明亮的走廊，走上樓梯，我的心怦怦地跳著。當眼睛適應時，我發現站在一尊希臘裸體神像前，這希臘神像只是那麼靠在樹上，一無所思，一無所想，只是靠在那裡，茫然地看著我，無所表示，顯然什麼要求也沒有，只是那個樣，彷彿此時此刻他被無所事事迷住了。連他的目光也越過我，呆看著我的後面……走廊的另一端通向與此相對的一翼，那裡各個樓層都住著男性。他們的走廊彌漫著香菸的煙霧，在陽光中像藍色霓虹燈管。年老的男人可不安分，他們坐不住，於是起身散步，但並非走，而是用鞋底艱難地拖，像穿著滑雪板滑雪似地。他們成堆站在一起，手裡的香菸冒著煙，臉像菸草一樣是褐色的，布滿皺紋。有時他們會急急忙忙走開，彷彿想起什麼事必須去哪裡，有人在等著他，有重要任

7 薩蹄爾（Satyr），希臘神話中的森林之神，半人半羊，長著山羊角、山羊蹄。

務，隨後卻又放慢腳步，像多數被捆綁的人那樣走著，像在地板上找林中的蘑菇，找丟失的汽車鑰匙，像光腳在湍急的溪流中逆水而行。有幾個站在那陷入沉思，背著手，內心正在注視一件當年對他們來說頗爲重要的事情，一個他們認爲發生在自己身上，僅僅發生在自己身上的故事。他們忽然之間開了竅，恍然大悟，張開雙臂，眼看就要對別的老人述說這個故事了，可是，他們發現這些人或者像自己片刻之前那樣，或者什麼也不想，已經沒有回首過去的能力，也沒有思考前途的能力，只是徒有其人而已。所以那些開了竅恍然大悟的人，那些對決定命運的故事能夠準確看清並予以說明的人，便像張開雙臂扔掉兩隻手似地一甩手，沮喪地緩步朝窗口走去，透過薄紗窗簾凝視庭院，諦聽著莊園裡的聲音。他們聽到了自己不規律的心跳，正像所有的安養的老人都在諦聽自己的肝、脾、背脊和心臟的聲音。有一個老人戴了一頂時髦的無簷帽，就是布拉格那些流裡流氣的人戴的那種，此人讓我同情的是，他善於把圍巾繫得跟畫家一樣：彩色圍巾圍在脖子上，在喉結處繫成一個漂亮的結，他現在誰也不想見。他靠牆站著，額頭緊挨著牆灰，一副與人作對的模樣，既不想看見人，也不想看見樹，不想看天，也不想看希臘雕塑和壁畫，他要看的唯有他看著的東西——牆灰，一小塊空白，什麼也沒有。我發現所有的老人總是不時地轉過身與別人面對面，總是面對面地站著，離開群體時總要多次回頭看看，是否有人以懷疑、探索的目光在注視他，因爲在後面，也許可以從一個人的步伐看出他的健康狀況：是否瘸得更厲害了，是否由於腎和肝出了毛病因而肩膀下垂了，甚至當他行走時，從背後可以看出他的褲子更爲肥大了，兩條瘦腿木棍似地插在胯骨裡。突然，庭院裡響起刺耳的汽車喇叭聲，彷彿閃著紫羅蘭火花的警車哀號著馳往公路上出了車禍的地方，彷彿救護車開到了患心肌梗塞病人的家門口。所有的老人一下子全都擠到窗口，看了好久，才鬆開抓在手中的窗簾，唯有那個繫彩色圍巾的老先生依舊死盯著牆灰，他連不幸事件也不要看了。我在走廊上舉目看天花板，觀賞那上面的壁畫。一個年輕男子，頭靠在粗壯的手臂上，一隻手扶著膝蓋坐在那裡，他身披輕紗、裸體，腦袋扭向我在走著的方向。他有一雙渴望的眼睛，眼白閃著光芒，瞳孔彷彿是縫在上眼皮上，嘴唇豐滿。我從未見過如此漂亮的男人，頭髮全是花朵和花蕾，有一綹垂到額上，花蕾是金色和藍色的。接著，我看到男青年的後面，一件藍色禮服扔在大床旁，床上有藍色的枕頭和撩開的金色床單，床中心坐了一個裹著白袍的女子，一個年輕姑娘，目光猶如一隻倔強的鳥。這新娘緊閉嘴巴在聽一個半裸女神勸說。女神一隻手臂摟著她的脖子，另一隻手托起她的下巴以便更清楚地看她的眼睛，而這雙眼睛正在躲開那個滿懷怨憤看著她的年輕男人的目光。美麗的女神額頭綴著小葉子，長袍披在背後，露出光裸的胸、肚子和維納斯的乳房……這不尋常的婚禮景象令我著迷，簡直是一開始就鬧離婚了。我一個房間一個房間地往裡看，只見女宿舍似地每間八張床，北面一扇明亮的窗，窗外樹蔭濃密，白楊和橡樹的枝葉在陽光中搖曳。這些大樹有莊園的樓房那麼高，在強烈的陽光照射下，映得窗戶像清晰的電視螢幕。那裡，在外面，有汽車車輪軋在庭院沙土上的聲音，有扇門吱呀一響，裡面抬出一具擔架。我走近窗戶時，幾個俯身窗外的老人本能地轉過身，不願讓我看到他們已經過於肥大的褲子。他們對我微笑，希望我走開，走到看不見他們的地方去，但我像樂隊指揮似地擺擺手，要他們安靜，示意我在看上面。他們不相信，瞟了一眼院子，繼續面對我站著。〈哈樂根的數百萬〉樂曲又輕輕響起，一支弦樂曲，小提琴的協奏這時轉入樂隊大師的獨奏，強有力的迫切曲調，顯得與希臘某地的婚禮很協調。南方海邊的某地，年輕男子的目光，新娘的緊張處境，親切的規勸，托起姑娘的下巴以便看清目光的年輕女神的手，女神另一條從背後摟著姑娘脖子的手臂，所有這一切，都與〈哈樂根的數百萬〉這支樂曲很協調，也與這庭院裡的聲音很協調。在庭院的陽光中，可以聽到擔架順著軌道推進救護車的聲音，車輪掉頭碾軋沙土的聲音，扳動加速桿使機械增速的聲音，以及大門口勃爾卡先生的喊叫聲：「我開大門，我開大門！」這一切，都與〈哈樂根的數百萬〉相協調。當我在走廊盡頭回身想起快跑出二樓的男舍時，所有的老先生——彷彿我用看不見的棍子依次打了他們的背部似地——一個個轉過探出窗外的身子，站直了，就像教堂古老繪畫中畫的最後審判時人們從墳墓裡站起來那樣。他們就那麼站著，隔著窗簾，在窗簾後面向我鞠躬，額頭頂著窗簾，一個個腦袋裹在尼龍窗簾裡。我不禁在這時近中午的陽光中被嚇著了，彷彿見到了我早已不相信的午神。實際上，不僅所有的雕像都吸引著人們的目光，不僅整個莊園都建在向陽朝南的方向，以便一進門、一進庭院就能看到它的秀麗。不僅如此，莊園所有樹木的樹幹也以迎賓爲主，樹幹向陽的那面都光滑漂亮。不僅如此，所有的人也都裝扮起來隨時準備迎賓。不僅如此，一切都向南、向西，朝著陽光移動。當陽光在花園裡離開小長凳，當陰影落到坐在上面的人身上時，他們便把小長凳挪到還有陽光的地方。就雕像來說，所有的雕像即使從後面看，也是很美的，儘管有點發育不良，但是對於所有的安養的老人來說，背後的目光總令人感到有些難堪，這感覺是正確的，就好像在廁所裡被人意外地瞧見，或者沉思時挖鼻孔，把鼻涕擦在樹上、牆上時被人瞧見。對於每個安養的老人來說，意外地從背後看到，就如同出於好奇從鑰匙孔裡偷看，吃驚地看到一個老人摘下或安上假牙。養老院裡有一座莊園小教堂，從外面可以看到它的正堂，朝東，哥德式的窗戶有鐵絲護牆擋著，透出一股麻雀窩的氣味。有幾塊窗玻璃破了，幾百隻麻雀便在這小教堂裡安了家，管風琴的管子全被麻雀築了巢，唱詩班的整個座位都屬於麻雀了。春天燕子飛來，在哥德式的尖拱和支架上做窩，幾百隻亂叫亂擠的乳燕，經常有一些年老的記錄員坐在小教堂旁邊的小長凳上，看燕子怎樣給乳燕餵食，怎樣以令人目眩的速度，準確無誤地飛進那個只有燕子才能進去的小破洞。小教堂裡不斷地傳出麻雀嘰嘰喳喳和乳燕呢喃的聲音。凡是第一次來到這養老院的人，總會情不自禁地走到這莊園小教堂的門前，試著去轉動幽暗處的門把，但小教堂的門打不開。當他習慣了這幽暗時，他會看到這門不僅關閉，而且是上了鎖的。於是，每個首次來訪的人便會跪在地上從鑰匙孔往裡張望。他會驚訝地看到滿地都是煤，因爲生火取暖時這裡堆放煤。現在門鎖上了，成了飛鳥之家。甚至在主聖壇耶穌的頭頂上，燕子也築了窩，生了小燕子，乳燕就在這裡，在耶穌的耳朵裡嘰喳呢喃。當乳燕長大不得不離開窩時，牠們就棲息在金色十字架的橫木上。有時七隻燕子就那麼棲息在那裡，整座小教堂只聽到幾百隻麻雀和燕子嘈雜的聲音。每一個領養老金的人住進這莊園，頭幾天必然會到處走走看看。我就是這樣走到了莊園的花房，但花房的窗戶塗成藍色，裡面已沒有鮮花，地上刷了石灰，中間放著個棺架。若是有人去世，靈車尚未來到時，遺體便停放在這裡的木板上，等待靈車來接走。有人告訴我說，守靈人就坐在三張小長凳上，他們是死者最親密的朋友，他們長時間守候著，直至靈車開到，親屬帶來壽衣。也許佩平大伯將是下一個躺在這裡的人，因爲他在重病房已有三個月，現在已不能進食。護士告訴我，要我通知所有想與他告別的親友，因爲過不了多久，佩平大伯就會轉到花房。這裡地上刷了白灰，窗戶全都塗成藍色。然而，每個領養老金、來到這莊園的人，總想什麼都看一看，哪怕是不祥事物。在西邊那些高大的栗樹下，在一棵樹的第二根較高的枝杈上，可以望見樓裡伯爵夫人的臥室。現在那裡放著四張床，鳥棚似地。這些床有網子，像嬰兒床拉著網免得孩子掉下來。這裡不時有患病的男女老人精神失常，發著高燒，無論採用打針、服藥或何種鎮靜措施都無效。這景象看著令人難受。我不顧危險地往樹冠攀登，大栗樹的枝杈跟小梯子似地，我彷彿爬上了獵人搭的架子。我看到一個身穿白衣的老婦在網子下面，她手攥著繩子跪在那裡凝視窗外的黑暗，凝視著我，目光中流露出驚恐。她頭髮蓬亂，嘴裡沒有牙。當我再一次看她時，我險些從樹上栽下來。她多麼像我啊，我想這就是我啊。我小心翼翼地爬下樹，踩著一根一根枝幹下來，心裡暗自說：注意啊，姑娘，可別摔跤，可別骨折，多加小心。妳嚇壞了，千萬注意。下了樹，我退到黑暗中，那裡二樓有一扇窗戶亮著燈，那裡曾經住著史博爾克伯爵夫人。我跑進前廳，跑上樓梯，我不看雕塑，不看漂亮的壁畫，在女舍走廊的小桌子旁站住了。我抬起頭來，走廊裡沒有人，從一扇扇開著的房門透出昏暗房間裡小燈的光亮，有人在打呼；房間角落裡，八張床的角落裡都發出嘖嘖的咂嘴聲，久久地咂嘴直至呼嚕聲停下。牆上一條橫幅寫著：我們的女住戶生產什麼？我不明白這是什麼意思，再看了一遍。橫幅裝在鏡框裡。我們的女住戶生產什麼？在小桌子上，一張又一張的小桌子上，我從一張小桌子看到另一張小桌子，先是感到驚訝，後來禁不住伸手撫摩那些兒童服裝——小圍兜、小上衣，甚至還有幾條繫繈褓的帶子，毛線織的綴有十字架的聖誕節小被子、毛線織的小靴子，靴子上縫著小花朵，帶花邊的小內衣、小帽子和帶耳罩的小毛線帽，可愛的小手套，繫著彩色繩子的小連指手套。不錯，這都是老太太們的手工活兒，她們坐在陽光中，鉤針和棒針的反光投在天花板上，投在成群的情侶和小天使身上。天上的小娃娃把永遠新鮮的花朵，從圓錐形的大包裡倒下來，小腳丫踢蹬著空氣以保持身體的平衡，經受住地中海花朵的重量。這裡，在小桌子上，陳列的手工展品不是說明我們的女住戶們生產了什麼，而是說明她們永遠無法放棄的是什麼。這裡展示了被壓抑的需要，關心別人，爲別人而活著，這是需要，沒有了它，任何一個女人都無法生活，因而這些住在昔日史博爾克伯爵府的領養老金的婦女也一樣，依靠著她們終生依靠的雙手。

5

有一個時期，那時我還年輕，我心裡想著我的生活在別處，甚至想是在布拉格。弗蘭欽每月一次去布拉格，去啤酒釀造之家，他開斯柯達四〇三型汽車去。我穿上最漂亮的時裝要跟他一起去，但他每次都央求我假裝出外散步，要我先走半小時，免得啤酒廠的人風言風語。有時，我得在去布拉格的路上走半公里，這讓我緊鎖眉頭，滿肚子不高興。我，一個要去布拉格一試身手的人；我，一個自以為在布拉格也會像在小城一樣成為焦點的人；我，一個腳穿最時髦高跟鞋的人，卻要在塵土飛揚的公路上步行，還得躲避填在破損路面上刷成白色的大石頭，當時人們管這種石頭叫員警。弗蘭欽的車通常都要過樹林才會開到，我坐進斯柯達汽車，到布拉格下車，感到屈辱丟臉。弗蘭欽匆匆趕往啤酒釀造之家，我們約定了回程時間，約定將在聖斯特凡教堂前見面，斯柯達汽車將停在那裡。於是我在瓦茨拉夫廣場散步，在民族大街蹓躂，沿著河溝街走去，暗自檢驗，看我能否背棄小城在布拉格住下來，能否在這裡生活。我自以爲能，這裡所有的商店和櫥窗都吸引我，在我隨弗蘭欽每月一次去布拉格的十年裡，我熟悉了所有的商店，我到處佯裝只買最貴重的商品，店員把衣料抱到人行道上，讓我看衣料和絲綢在陽光下是什麼模樣，因而我熟悉所有的價格和所有的品質、所有倉庫裡的商品以及下個月將會有什麼。由於在啤酒廠我喜歡翻閱德文雜誌《時尚世界》，商店老闆們就都以爲啤酒廠是我開的。我還每個月買些小東西，每年買一套女式套裝，每半年買一條新裙子。那時，我還強迫弗蘭欽在卡貝爾和波爾德．古特曼買最貴的皮鞋，要他每年一次買衣料訂做衣服。我買所有這些東西，只是爲了在布拉格贏得名聲，我是見過世面的夫人。不過，我要弗蘭欽上施婁柏克大飯店的咖啡廳這件事，卻始終未能如願，他也從來不肯去豪華大廈吃頓午飯。那地方他只去過一次，在那樣的環境裡他感到痛苦，舉止老出錯，弄得我只好放棄，只得於約定的時間和他一起去克利奇速食店，永遠是這家速食店。他於是胃口大開，可以站著吃肉片和沙拉，每份四克朗五，肉片有盤子那麼大。可是那十年，我每月都去布拉格的那十年，我卻始終還是生活在小城，時間停止了的小城。每當我走進施婁柏克速食店，走在幾十面鏡子和幾百盞燈光中時，所有侍者和領班以及隨意坐在椅子上的客人全都注視我；這些客人夏天坐在搬到人行道上的籐椅裡，與街上行人只隔著個綠色小木箱，木箱裡種著小灌木。所有這些人都看著我，我坐下之前怕得要命，臉羞得紅到髮根。我要了咖啡，爲鎭定下來，我點了支香菸，可是抽菸總讓我感到不舒服，臉色蒼白。我想以翻閱報紙和時裝雜誌來擺脫局促不安，但手指拚命地哆嗦，弄得紙張在我手裡咯咯作響……整個十年期間，我竭力使自己平靜下來，我走進洗手間，可在那裡我只想俯身在洗臉盆上不停地洗腦門和臉，這樣才多少冷靜一些。爲此，我心裡惱火，就跟顧廁所的老婆子無理爭吵。因爲我總有一種感覺，人家一看便知我是從啤酒廠走出來的，先得徒步走好久，有時要走五公里，弗蘭欽才會到來，偷偷把我用斯柯達汽車運到這裡，回程也總是一樣，弗蘭欽要我在抵達啤酒廠之前半小時下車，他獨自駕車駛進啤酒廠，我則像渾身塵土的小偷，假裝散步回來，爲健身而散步回來。而副經理先生則幾乎每次都在等我。此人與我彼此沒有好感，他從自己家的窗簾後面跑出來，哈哈笑著說：「布拉格可漂亮啦，是吧？」後來，我畢竟還是背叛了小城，背叛了我認爲時間停止了的小城。施婁柏克速食店的領班介紹我認識一位房地產公司的業主，此人拚命地說我是個能幹的年輕夫人，完全有條件在熱鬧的革命大街開一家小化妝品店。他還帶我到這樣一家化妝品店初步看看。我一見這家名叫奧麗姆的商店就忘乎所以，我活著就爲這奧麗姆。我借了錢，加上我和弗蘭欽的全部積蓄，一股腦投入，於是我成為這家化妝品店的業主，革命大街一家燈光明亮的小商店的女老闆。我整晚埋頭學習各種香水、香粉、化妝筆的名稱，法文、德文、英文的名稱，櫥窗裡定時旋轉裝置上的鏡子映照著法國凱旋牌化妝品，拉瓦利艾香精，豐乳藥片，櫃檯後面有光彩奪目的小盒子、小匣子和長頸玻璃瓶，玻璃杯裡各色香味的香水：玫瑰、睡蓮、丁香、素馨，永遠芬芳之夢，紫羅蘭幽香的高級洗髮精，永保青春永遠美貌的祕方。整整一個月，我生活在這無比美好的時光中，我感到我已徹底掌握身為一個女人如何變得美麗、如何得以實現自己使命的祕訣。至於弗蘭欽、啤酒廠、時間停止了的小城，我一股腦拋諸九霄雲外。我向送牛奶的租了一間房，睡在二樓靠窗處，窗下整夜電車駛過時，我的床就抖動，可是我卻覺得這床是一艘美麗的小船，它送我到歐洲所有的工廠，那裡生產最名貴的香水和化妝品配料以及添加劑，能使神奇的肥皂消除每個婦女皮膚上的污垢，各色面霜不僅清除雀斑和色斑，而且使面龐細嫩如天鵝絨。至於美國新式指甲油光亮的釉彩，則讓每個婦女平添魅力。因此，我在電車震動的床上酣然入夢，含笑在小船上朝奧麗姆飄去，那是我在革命大街開的化妝品店，在刻花玻璃架上和鏡子裡等待著我的有添加祕魯香料的肥皂，它消除皺紋、推遲衰老，有甘油透明皂，帶著林中紫羅蘭的馨香，有來自漢堡的白樺水，可增添魅力、延緩衰老，維納斯珍珠創造光彩奪目的白手，具有難以抗拒之魅力的肉色香皀，卡羅代瑪無脂肪、不油膩的香膏，粉紅色的香粉，使婦女皮膚柔嫩的含甘油和蜂蜜的肥皀，德拉利蘭鈴香味的夢幻香水，不含酒精使每個女人都醉心……電車每隔十分鐘沿著河溝街在破碎的路面上駛過時，我在做美夢，想著我該有個女店員，一個女學生，因爲我店裡的香水那麼漂亮，會吸引所有的婦女，她們要用百合花香皀保持容顏，這些香皀每一種都能產生年輕的容貌和絲絨般的皮膚，Poudre ravissante[8]對於女演員和臉上有雀斑、傷痕等一心求美顏的婦女來說不可或缺。就這樣，我完全被這送上門來的幸福浸透了，我有了拋給我的工作，推銷貼在額頭和下巴上的除皺膏，推銷漱口水和牙刷，向棕色頭髮的女人推薦一種洗髮水，向金色頭髮的女人推薦另一種洗髮水。因爲我的奧麗姆不是一般的商店，它是一座殿堂，有十二個聖壇，在燈光照耀下分別陳列著各種香粉和各種化妝品，它們能掩蓋所有不盡如人意的缺陷，突出優勢，增添魅力，永不消退……我就這樣做著美夢，夜裡如此，白天也一樣，對我精心選購的貨色怎麼看也看不夠，它們將爲我帶來財富和名聲，因爲每個人只要一看我

8 法文，意為令人愉悅的香粉。

的商品，看到我是怎樣向顧客介紹的，他就會被吸引。毫無疑問，我的商店將永遠顧客盈門，特別是當人們知道我這裡還出售沐浴用的浴鹽，各種花香和樹香的浴鹽，春之神給婦女小浴室帶來的讚揚，硼砂水有廁所用的，也有沐浴用的，最摩登的化妝品商店，最可靠的方式，鎳製的盒子，南方星牌的百合花香皂，葛拉希麗牌的美容液讓脖子和手更加漂亮動人，柯諾爾牌美髮水使頭髮顯得年輕、有光澤、不生白髮……當我看到貨架上有成套的刷子，刷柄都很華麗，有成套的梳子，大小不一，品質不同，有五十個小盒子，盒子裡的絲絨墊子上放著戒指和胸針，戒指全都仿照高貴式樣，雖然是假珠寶商的產品，但看不出來，因爲我用亮光劑把它們擦亮了。我每天都把這些戒指戴在十根手指上，每天不同，它們是那麼漂亮。當我再看那些供婦女旅行用的盥洗包，包蓋鑲著鏡子，看那些點綴在牆上的裝著香水、香皂和梳子的雕花玻璃缸，我看到我很能幹，我的奧麗姆爲婦女提供了她們能想到的一切……然而，有兩個月，弗蘭欽幾乎每天都開車來看我，但他從不走進奧麗姆，而是站在街對面的轉角處看著我，看我怎樣在永不熄滅的燈光下忙來忙去地推銷產品。他站在那裡看著我，看我怎樣轉身，怎樣伸手去取顧客想要的那種香水。他站在那裡，等待著，直等到晚上商店打烊，我鎖上鐵捲門，這才不再貼在牆上，面有愧色地走向我。兩個月裡，我總是滿心喜悅，而弗蘭欽卻悶悶不樂。他陪我走到我住的地方，一路聽我滔滔不絕地向他描述我的成功。雖然這成功還是未來的事情，但成功必然無疑。弗蘭欽對此悶悶不樂，但他依舊靠牆等我，任憑來往行人撞他。他從不走進我的化妝品商店，每天都只是陪伴我，總是問我要不要回家，回啤酒廠，回小城，我的時間停止了的小城……我則每次都笑著拒絕了。我向他描述，五年後我們將買下一個小啤酒廠。然而我忘了，誠如所有著名旅程，例如把商品從亞德蘭，途經一定的城市，運到南諾夫果洛德一樣，就連海上運輸也不例外，都各自有一條不言而喻的路線；在城市也一樣，有些街道是行人加快步伐匆匆越過，直到進了比較清靜的地段才會放慢腳步，才有可能逛商店。因此，人們都匆匆越過斯巴萊納大街，不到拉札爾街和民族大街不會停下來，我的奧麗姆所在的那棟樓房，縮在民族大街，離熙熙攘攘的人群三公尺遠，因此奧麗姆徒然燈光明亮，但行人到了奧麗姆附近的三角地帶，就擁擠著匆匆越過，免得和對面來的行人相撞……到我店裡來的唯有需要繫鞋帶、不得不退出人群找個清靜地方的人，或是某個女人在轉角處需要扣上緊身吊襪帶，所以我一天有五、六個男女顧客。我的定時裝置照常旋轉，鏡子裡展示著法國凱旋牌化妝品和拉瓦利艾香精。有兩個月，我手指搭在櫃檯上，極力亮出最美的微笑；兩個月了，但無人問津。整整兩個月，我站在那裡，漂漂亮亮，花枝招展，活像一個等候情人的姑娘，可是情人沒有來，甚至根本不會來。我開始迷惑不解，到別的化妝品店去轉了轉，這才明白我出售的商品早已過時，落後於世界潮流已有十年、二十年……之後，債主來討債了，恐嚇、威脅，然後是我已買下但未售出的貨物的帳單。後來我開始感到這些美麗馨香的東西，原來具有相反的意義，所有這些曾經承諾給我帶來幸福的東西，不僅將離我而去，而且要讓我這個曾想自立的人將因失敗而越加依賴於人。唯有弗蘭欽依舊開車來看我，他懂得經商之道，知道哪怕是小酒館，也得服從地利這個規律；有些地方人們匆匆跑過去，而有些地方人們感到安全。當他看到我垮了臺，看到我受債主和貨主的威脅說要控告我，弗蘭欽頭一次微笑了，看了一眼革命大街上空布拉格的陰雨天。後來，我那張床，兩個月裡，我曾經天天躺在上面朝著我幸福的各種商標的化妝品、油膏、香粉、顏色筆飄去，在這張床上我幸福地入睡，可如今我卻躺在這床上等著每一輛電車駛過，身上冒汗。我抹著額頭和脖子上的汗，一輛又一輛的電車搖撼著我這二樓的床，叮噹作響的鈴聲在我聽來，猶如威脅我的即將到來的拍賣場的鈴聲……在這樣的不眠之夜以後，在疲憊不堪的早晨，我無可奈何地又到奧麗姆去，毫無意義地拉開鐵捲門，浪費時間地站在那裡，瞧著熙熙攘攘的行人竟沒有一個看我一眼，看奧麗姆一眼，沒有一隻眼睛瞟一瞟始終旋轉著的裝置，那上面有鏡子，托盤閃光。這時候，我開始想起被我拋棄了的小城，想起啤酒廠清靜夜晚的我那張床；啤酒廠，包圍在果樹和葡萄藤中的啤酒廠。在想起小城和我的啤酒廠時，我禁不住呻吟，哀歎命運欺騙了我，它誆稱我將得到幸福，結果卻轉身背棄了我。弗蘭欽不再開車來看我，整整一個星期沒有來。當我最後來到化妝品店門前時，我陷入沉思，我連鐵捲門都沒拉開，而是坐在革命酒店，那裡的店堂小得跟它的大門一樣寬。我坐在那裡喝咖啡，甚至在這煙霧彌漫、咳嗽聲和歌唱聲鬧成一片、桌上流淌啤酒的地方吃午飯，透過拉開窗簾的玻璃窗，看著對面我的化妝品店。十點左右郵差來到，把法院通知書塞進鐵捲門底下。隨後，我老遠就認出債主們來了，甚至一天來幾次，用手杖敲門，用拳頭捶，諦聽。有幾個債主破口大罵，湊在鑰匙孔上往裡瞧，在確知裡面是黑的之後，就再次捶門，對著鐵捲門罵一通粗話……我忍受了一個星期，再也忍受不下去了，我回到時間停止了的小城，在啤酒廠，我跪在弗蘭欽面前投降了，不管他開恩不開恩。我看到他微笑了，他很高興，還安慰我，再三安慰我，等我不再哭泣時，他開懷大笑，我已很久沒見他如此開心。他借錢還我欠下的債，甚至比合同規定的日期提前半年還清欠債……我已別無所求，只想再住在啤酒廠，在時間停止了的小城買東西，我的時間在這裡像扯斷的線又接上了。弗蘭欽則暗自歌唱，難以掩飾他的喜悅，因爲我由於背叛農村氣息的小城而吃了苦頭。有一天，弗蘭欽去布拉格，到晚上才回來。院子裡停了一輛大卡車，斯柯達小汽車抽掉了後座。當司機和搬運工掀開帆布罩時，我看到滿車堆的都是香水、香粉、香皀，全都放在小盒子裡。弗蘭欽嘴裡唱著歌，哼著曲子，他與搬運工從閣樓上搬來兩個櫃子放在走廊裡，他打開靠牆放的大櫃子，兩個男人一直忙到午夜，把整個奧麗姆以及小小庫存的香水、香液的瓶瓶罐罐統統放進櫃子。弗蘭欽付了運費，從那時起，我們家就像化妝品店似地到處飄香，香味隨風吹到廚房，吹到各個房間，整個閣樓和地窖全都彌漫著這種香味，閣樓上存放在麥秸裡的蘋果老有香水味，地窖裡的馬鈴薯也一樣，甚至豬肉和香腸也不例外。這香味永遠是對我的譴責，弗蘭欽也知道這個，因此誰每星期六和星期天來幫弗蘭欽安裝汽車設備，就都可以從櫃子裡挑選自己喜歡的東西作爲禮物。由於小城的市民幾乎都幫弗蘭欽安裝過汽車設備，化妝品事件發生十年後，小城便到處都有化妝品的香味。由於人們拿走整袋整盒的化妝品，因此在電影院、劇場、小酒館和社團，人人進去都帶有我的花露水的香味，婦女紅撲撲的臉蛋上用了我的香粉，我甚至能認出我的梳子、小刷子……但說這些有什麼用呢?我剩下滿滿一櫃子，當弗蘭欽到了領養老金的時候，我把它帶到新的住處，一座小別墅，我親自繪圖設計的小別墅。這小別墅有穿堂風，河面上不斷吹來暴風，這香粉香水櫃子多年之後被淹沒了，我們的河畔小別墅也被淹沒了……

6

秋風秋雨來臨時，養老院便沉浸在滾滾水柱中。〈哈樂根的數百萬〉輕輕伴隨著排水管汩汩的流水聲，雨水飛濺，滲進牆上的灰泥，因爲排水管破舊漏水，有的還折斷了。在這種時刻，這座莊園就有點像這裡的老人，他們咳嗽，咳出痰來，咳得喘不過氣。三位老見證人坐在大窗戶旁，那裡可以遠眺煙雨迷濛的小城。巍然高峙的大教堂，在雨中看上去好似一艘古老的大輪船。我在走廊上散步，不時停下來站一會兒，看看下面的河水；水面上不時騰起煙霧，煙霧後面高聳著米黃色的啤酒廠。是的，那曾是美好的，那時候我感到驕傲，因爲我青春長駐、年輕漂亮、衣著講究，對每一個與我打招呼的人我都要顯示我是這家米黃色啤酒廠經理的夫人。我春風滿面地微笑著領受恭維，恭維我的人多得是。不錯，我爲擁有四個房間的寓所而驕傲，爲我的衣著，我的體形而驕傲，每件衣服我都找最好的裁縫按照《時尚世界》上的樣式訂做，突出我的腰身、胸部和大腿，小飾物是我從布拉格買來的，手提包和皮鞋，手套和帽子，全都完美地烘托我的魅人形象，因而我爲擁有這一切而感到驕傲。現在，在這養老院，當我拔掉了全口牙齒，當我的頭髮比麻絮還灰白，當我的形象如同凋謝了的花朵，沒有人能想像當年曾是什麼樣。起初我爲這衰老感到羞恥，竭力想以微笑和不停地說話來轉移注意，主要是轉移我自己的注意，不去想在我身上發生了什麼，不去想我已多麼老，成了個醜老太婆……然而，當我看到這莊園裡所有的老婦，所有在四分之一世紀之前被我的服飾和體形激怒了的女人，這時那麼高興，因爲看到我跌落谷底了，看到我有了怎樣的下場，她們向我顯示出爲此而高興不已，甚至穿上最好的衣服，嘻嘻哈哈以露出假牙、梳理染過的頭髮，欣賞我的凋零，欣賞我怎樣被滾滾而來的不幸弄得謙卑、沮喪。當我看到這一切，突然間我有所醒悟，正如當年我怎樣爲自己的年輕、持久的年輕而驕傲，我不僅能夠而且必須爲自己現在的模樣而驕傲。我不曾爲有假牙而勉強戴上它，也不曾爲了跟別人一樣而染髮，我爲自己的醜，爲老年帶來的一切而傲然挺立……於是，我又像從前的我那樣，一個驕傲的老婦，有別於其他婦女，恰似當年我騎著自行車，雙腿的光彩吸引全城的目光，有如教堂大時鐘的兩根時針。於是，我無論走到哪裡，無論是在莊園的大樓，還是在花園，我都把頭抬得高高的。我穿著破鞋，最廉價的、早已過時的衣裙，粗布成衣，從不熨燙，也不知怎樣熨燙。舊時代的見證人每次見到我，都對我獻殷勤，彬彬有禮地讓座給我，喜歡在我面前吹噓他們有關時間停止了的小城的知識。〈哈樂根的數百萬〉靜靜地演奏著，廉價的彩色曲調，那麼動人，有如卓別林影片的伴奏曲。三位舊時代的見證人彷彿把我當作久遠年代的知音，他們轉向我，喜歡向我講述他們年輕時發生的一切，還特別喜歡講他們自己無法記憶，而是從爺爺的談話中聽到，從筆記和舊書中讀到的那些事情。現在秋雨連綿，我從莊園的花園回來，在那裡，我著迷地觀賞那些彷彿剛從海水或清澈的河水中走出來的裸體青年男女雕像，我從這些雕像中汲取青春的活力，暗自說，當年我也生活得像史博爾克伯爵的雕塑家和建築師爲他塑造的這些英雄和半神半人雕像一樣。我在這裡恢復了精神，我感到驕傲，因爲在這裡，我的心與這些雕像有親緣關係，這些雕像是我年輕時的形象，是我青年時代的形象。我渾身濕透地在走廊上走著，與我年齡相仿的人卻坐在椅子上，穿著氈靴。她們假裝在看書，不斷地咳嗽以掩飾自己。我傲然地走著，背後留下的水窪，是從我的棉布衣服上流下來的，從破鞋的裂口中流出來的。我傲然地走著，傲然在貧困中，在可憐的處境中，渾身濕透卻傲然地走著；我看到我再次成爲當年的我了。老婦們假裝看書，假裝在小圍裙旁邊繫鞋帶，假裝聊天，只爲了等我走過去而不必看我一眼。我知道我一走遠，她們就會盯著我看，氣憤地盯著我看，就跟從前我騎著自行車經過，背後留下婦女們妒忌的目光一樣……三個見證人正坐在有線擴音器的下面，見我渾身濕透地走來，就請我坐在暖氣旁邊的椅子上。他們搓著手看著我，彷彿我是個年輕姑娘，這讓我多少有點高興。他們說的話彷彿只是爲我而說，我背上感覺到暖氣扇散發的溫暖，〈哈樂根的數百萬〉樂聲從上面飄落，動人的樂曲伴隨著三位舊時代見證人沙啞的、憂傷而情意綿綿的聲音。天花板的壁畫上，半人半羊的神獸對揹來的仙女著了迷，用一雙熾熱的、滿含慾念的眼睛看著她；神獸裸體，用圍裙包著果子，仙女則神態自若，爲健美的裸體使神獸著迷而暗自喜悅。三位老見證人看來相互間已經沒有什麼話可說了，一切都已說過，他們在等我，聚精會神地等著再向我敘述他們知道的一切最美好的事情。奧托卡爾．里克爾先生站起來，指著下面古老的墓地，那裡大理石墓碑和金色十字架閃閃發亮。他熱情地說：「要知道那裡的石碑上鐫刻著許多著名的姓名，誰都可以讀到這些名字，但是倘若沒有個綽號，這些亡故者就沒人知道他們是何許人了。因此，傘把式切爾文卡這個名字歸功於他的鄉下太太，她不管下雨還是晴天進城，都舉著那把丈夫送給她的傘，以表示她對丈夫的敬意。鱸魚切爾文卡，睜著一雙魚樣的蒼白大眼睛看世界。大腳切爾文卡，用奇大的腳丫在本鄉本土踏來踩去。頭上顯然有濕疹，因而常要撓頭的切爾文卡，躲不過被人挖苦叫撓耙子！鬈毛切爾文卡，因爲他長了一頭濃密的鬈髮。靈猩[9]切爾文卡，身形瘦削的高個子，他得了這麼個綽號不太高興。衣架子切爾文卡，一個總是衣冠楚楚的老光棍，經濟學家，屬於那種老於世故之輩。他的兄弟叫破產家，因爲在一次投資失敗後，曾有城裡人來找他。此外，還有菸鬼切爾文卡的短命兒子、倒楣蛋弗朗基謝克。還有玩命大麥商小切爾文卡和大切爾文卡……切爾文卡之後，德拉巴契家族沒有傳多久。據我所知，他們家族中最富有的是杜卡托韋。另一個是退伍軍人、屠戶德拉巴契的兒子，或叫『撒』豬的德拉巴契，因爲他這兒子也跟他女兒一樣，『日』和『斯』兩個音唸得不標準，在唱詩班把『霍薩納』唱成『霍發納』。我沒有查明搗蛋鬼德拉巴契和木桿子德拉巴契這兩個綽號是怎麼來的。雄鷹體育協會德高望重的負責人格婁菲克．德拉巴契一八七〇年在科林舉行的一次墓前講話中，最後曾高呼：『願他的骨灰永遠和我們在一起。』高大健壯的屠戶有個綽號叫大屁股。沃達瓦家族在數量上不及前輩。他們家族中

9 一種身體細長、善於賽跑的狗。

有雜貨商依格納茨．小丑沃達瓦，他這個綽號顯然是從他的名字依格納茨演變來的，納茨—邦納茨—邦納擦[10]，也或許是他公子哥兒的模樣引起的[11]。巴拉茨基大街的麵包師傅安托寧．音樂家沃達瓦，愛好音樂和歌唱，創作歌曲。在斯伐托依什卡大街開店的另一位沃達瓦，他的綽號叫白搭，因爲他掛在嘴上的口頭禪是：『女人的裙子白搭。』弗杭卡家族在大圍牆那裡的一位，因從事的職業而被叫作雷德勒[12]。巴拉茨基大街另一位大麥商叫磨蹭大王弗杭卡。還有兩位家道殷實的采德里赫，人們便按照自己的方式叫他們：楊．采德里赫在廣場轉角處有一棟房子，人家就管他叫轉角采德里赫，管他的侄兒叫費因采．打鼓的采德里赫。有個身材比他矮、一條腿有點瘸的叫細腿狄爾，他到各個小酒館去兜售美味點心。他熱中於買彩券，有一次中了頭彩，他高興得買一頭豬，一家子很快就吃光了。住在巴拉茨基大街的道畢茨家有兩個女兒，一個以大辮子出名，跳舞時她要人家幫她托著甩動的辮子，因此綽號叫托辮子的道畢茨。善於理家的揚娜．采德里赫羅霍娃個子高大，因而綽號叫小橋。細腿狄爾的愛妻人家管她叫小刀子，因爲她嘴巴厲害。老姑娘切爾文卡弗拉達曾經在商店裡當過售貨員，人家就管她叫鋪子裡的南卡。許多綽號都是薩拉比的農莊主人莫斯貝克或莫斯特貝克取的。」奧托卡爾．里克爾先生說罷看著我的眼睛，我感到他變年輕了，這樣的敘述使他變年輕，簡直跟西勒尼

[13]一樣。西勒尼裸體跳舞，拐走了仙女，他彷彿從天花板的壁畫中跌落下來，落到椅子上。卡萊爾·費波內先生，黃金舊時代的見證人早已等不及了，激動得發抖，一見奧托卡爾講完，便親切地把手放在我的肩膀上，熱情地開講：「珀斯比希洛娃老奶奶九十多歲了，娘家姓胡里克。關於博命家族的情況，據她說大概是這樣的：當年博命有六個孩子。一個女兒嫁給了弗朗基謝克·德拉巴齊，另一個嫁給切爾文卡，第三個嫁給安托寧·胡里克，但婚後不久她就去世了，留下一個兒子叫弗朗基謝克，他就是珀斯比希洛娃老奶奶的父親，他娶了盧德米拉·切爾文科娃。博命的一個兒子弗依傑赫·博命卻始終是個老光棍，住在切爾文卡家，切爾文卡是經濟學家弗拉達·切爾文卡的父親。此地還有芙洛尼卡，住在老漁場，奧斯特洛伐的對面。她是個老姑娘，時常幹練地背著槍，駕著一條大船在拉貝河上航行。她去世後，弗朗基謝克·胡里克繼承了老漁場。博命家

---

10 捷克語，意為小丑。
11 公子哥兒，捷克語為巴納奇卡，與小丑一字諧音。
12 意為製皮革的人。
13 西勒尼（Silenus），希臘神話中的魔神。

族的最後一個人是巴魯什卡，住在教堂附近，大概靠近奈杜席爾先生的寓所，她把那棟房子送給了老奶奶珀斯比希洛娃的父親弗朗基謝克．胡里克，然後就搬進老漁場去住了。她非常喜歡珀斯比希洛娃的母親，對她講了許多家族的祕密，說英國王后安娜．鮑雷諾娃婚後很不幸福，便與情人私奔到我們這個小城。她生了個孩子，孩子的小帽子和小被子落到弗拉達．切爾文卡手裡，據說弗拉達把它們交給了博物館，可是老奶奶去詢問卻沒有找到。弗拉達的繼承人是其曾孫弗朗基謝克．切爾文卡，小帽子和小被子可能在他手裡，但究竟怎麼樣就不得而知了。關於老奶奶珀斯比希洛娃的事情就這些……」

卡萊爾．費波內先生講完了，目光投向拉貝河的某個地方，那裡的老漁場聳立在河岸上，包圍在葡萄藤和許多古老的傳說之中。費波內先生撫摩著我的手背，我感覺到我的衣服正在迅速烘乾，我看到耳旁冒著熱氣，棉布衣服散發出難聞的氣味。雨水潑打在玻璃窗上，眼淚似地滾滾流下，時間停止了的小城沉浸在連綿秋雨中，〈哈樂根的數百萬〉以其獨特的曲調灌滿這古老莊園的走廊。奧托卡爾．里克爾先生輕聲敘述：「我們小時候，老漁場已經荒蕪了。從難以記憶的年代起，住在老漁場的一直是博命家族，捕魚為生，他們的姓氏也很明顯，大家知道博命是鯉魚的一種……據說博命家族的人都是高個子，金髮，藍眼睛，還有，他們都沉默寡言，總是愁眉不展……傳說很久以前，老漁場的住戶是我們小城的當地人，有一次，夜裡一艘船靠漁場停下，船上跑出一些陌生男人，說的捷克語半通不通。他們把一個嬰兒交給漁夫家撫養，並給一大筆錢作爲報酬。嬰兒的衣服和小被子，據說在當年是很名貴的，銀線繡花的小帽子，金線繡花的小被子。據說這些衣服、被子和小帽子都收藏在城裡的一個家族中，可能是切爾文卡家吧。據說這就是時間停止了的小城第一代博侖家族的來歷。我奶奶描述的芙洛尼卡是個高大強悍的老婦，總坐在一條船上在拉貝河航行，她還總帶著一支步槍和一把大鐮刀。她很少與人交往，她去世後，老漁場就荒廢了……」我們幾個都凝視著玻璃窗，雨水打在窗上流淌著，我的破鞋帶進來的一攤水已經乾了，我的裙子冒著熱氣，芙洛尼卡·博侖諾娃老婦的形象卻讓我很激動，她不斷地在拉貝河上航行，身上總帶著一支步槍和一把大鐮刀。伐茨拉夫·科希內克先生神情憂鬱地回憶往事說：「我出生在大山谷采德里赫家的二百四十七號長工屋，我爺爺是采德里赫家的馬車夫，他是退伍老兵——當時叫老兵——協會的積極分子。他曾服役九年……我爸爸常談到他。我記得有這麼一件事……一八五九年六月二十四日，奧地利軍隊在索爾卜林戰役中吃了敗仗，退到費洛納，酷暑中一個士兵在小河旁站崗，一絲風也沒有，烈日曬得空氣微微顫抖。士兵心裡反覆琢磨，要是下河稍稍泡一泡，該有多棒。他瞥一眼周圍，飛快地脫下衣服鑽進河裡。他正愉快地洗著身子，卻不料突然聽到馬嘶聲。穿衣已經來不及，他慌忙抓起軍帽、子彈帶和步槍，就這樣向總司令格依烏拉伯爵的隨行人員敬禮。總司令和隨行人員站立當場，大家驚訝地瞧著這個裸體的士兵。一看便知他下河洗澡了，這在戰時是要判處死刑的。司令思索片刻說：『饒了他吧，因爲他還沒昏頭，他首先抓的是武器。』」舊時代的見證人科希內克先生苦澀地講完了，一手不停地抹著老要翹起來的淺色頭髮。雨點敲打著玻璃窗，樹葉被風吹得到處飛舞，貼在玻璃窗上，貼在雕像上。我在花園裡時，濕淋淋的雕像上都貼著白楊和橡樹的葉子。溫和的南風不斷從南方，遠自利比亞那裡吹來，這永遠吹著的風卻也帶來沉重的負擔；氣壓下降，護士們整晚馬不停蹄地分送止痛劑、打針。史博爾克伯爵夫人的臥室裡，四張帶網子的床上躺著四個老婦，十多年來，每逢氣壓變化她們就發病，現在颳起了焚風，溫和的南風從利比亞吹來，她們渾身痛得不想活。因此整個莊園活像喝醉了酒，有些老人硬是不服輸，壯著膽子在走廊上搖搖晃晃地走著，踉踉蹌蹌，不得不扶著牆和欄杆。這風吹透了府邸，吹得科希內克先生頭髮飛揚。這風一陣陣地吹，一會兒好像停了，但忽地又來那麼一陣，吹得這一帶永遠不得安寧。它透過屋頂，透過窗縫和門縫，吹得尼龍窗簾鼓起來，彷彿看不見的婚禮進行中，女儐相爲新娘抱著拖在後面的長紗裙……三個舊時代的見證人。一陣風來，把小桌上陳列的兒童用品，帶花邊的小圍裙，鉤針鉤出來的小圍兜，以及所有的小衣被都突然一下子吹起來，彷彿天花板上裝了個吸塵器，把兒童手套上連著的花邊、小帶子也吸了起來，小桌子一時間演出了一場滑稽的木偶戲，隨後，這些東西又一一落下。奧托卡爾·里克爾敘述道：「這是從奧地利和巴伐利亞吹來的焚風，我敢打賭，在維也納和慕尼黑沒有幾十個人能頂住它的襲擊而不自殺的，它也穿過南摩拉維亞，誠如那支曲子〈風從布赫洛夫吹來了〉唱的那樣。有個種葡萄的前一晚還快快活活，早晨卻上吊，因爲他像幾十個頂不住那風的襲擊而上吊的人一樣。」老見證人卡萊爾·費波內說道：「這風颳來沙丘，利比亞沙漠的細沙子，這種風對石灰岩地區的影響最大。慕尼黑整個處在石灰岩上，一盤碩大無朋的石灰岩，這風五月份颳，然後在十月，再一次在二月。整個城市、整個地區都不得不喝酒，五月裡所有的啤酒廠都生產 Maibock[14]，十月裡爲了抵禦這焚風，巴伐利亞人整個星期都得跳舞和捧著酒缸子狂飲五月的黑啤酒和黃啤

14 著名且歷史悠久的德國啤酒，相傳於五月釀造。

酒，二月在帳篷裡點燃大火爐，成千人共慶謝肉節，實際上是靠喝啤酒以遏制自殺念頭。唯一抵擋焚風的辦法是到有花崗石的山區或小山頭去，到雷根斯堡15去。」費波內先生講完了，科希內克先生兩手捂著不聽話的頭髮說：「總有一天我會讓這焚風颳得送了命。我感到那麼難受，只想徹夜狂飲，徹夜喝白蘭地和啤酒，雪茄或者維吉尼亞菸一支接一支抽。焚風過後，我不僅渾身疼痛，連靈魂也疼痛，心臟跳到了喉嚨口，我以為自己活不到天亮了。這些我都清楚，我知道，我的治療辦法是每天早晨看氣壓計，根據氣壓我就知道會是什麼樣子。然而，最可恨的是明明下著雨，氣壓計上卻指著晴朗。兩個鋒面擾動相遇了，一個掩蓋另一個……我知道今天布拉格所有醫院，共和國所有醫院，死亡率都會高，也許已經高了。明天你們看《黑色紀事》吧。在卡塔里納，人們管這種從巴賴爾、菲律賓東北部港口屏擋東北季風，颳來的風叫地中海，它一颳就是一星期，鬧得那地方就連年輕人獨自待著都受不了，會發瘋，通常會上吊。在那裡，砍倒的樹和吊死在上面的人一同倒下是常有的事，屢見不鮮。去年我收到一封信，說我的朋友在去憑弔一個上吊死亡的年輕姑娘時，遇到了哀哭的母親，我的朋友勸慰她說好在您還有兩個女兒呢。可是，正在砍倒一棵大樹的親戚們卻發現，與樹一起倒下的又有一個吊死的姑娘，親戚們和那母親都大叫：『她吊死在我們最好的蘋果樹上啦，這棵樹幫我們結了二十盆萊茵蘋果呢！』」科希內克先生說著，頭髮倒豎彷彿嚇著了，正像「我們的女住戶生產什麼？」告示牌下面小桌子上陳列的小衣物，被溫和的風一吹，嚇得豎起來一樣。這溫和的風從利比亞吹來，吹過阿爾卑斯山，吹到這裡，吹透了史博爾克伯爵的府邸。廚房傳來敲鑼聲，噹、噹、噹、噹、噹，吃午飯的時候到了，可是在走廊裡能夠看到，半數以上的老人留在床上，其餘的早在半小時前就全都等候在昔日伯爵府的大餐廳門前了。他們一遍又一遍地看菜單，越看肚子越餓，痛苦地想像廚房給的分量可能太少，肉塊也許太硬，整整半小時他們站在食堂關閉的門前七嘴八舌，反覆描述他們喜愛的、很久以前媽媽幫他們做的美食，永遠忘不了的美食，講請客吃飯，講殺豬宴、市集時的烤鵝、聖誕節復活節時的食物，至今忘不了……在關閉的門前他們聊著，聊著，只爲了不再想眼前的飢餓。今天已是第二天颳焚風。第二天，食堂開門後，走進一個愁容滿面的老男人，他舒了一口氣，癱倒在椅子上，手肘碰得碟子刀叉叮噹響……

---

15 雷根斯堡（Regensburg），德國東南部城市，旅遊勝地，多古建築。

7

弗蘭欽爲了在星期六的下午和星期天不必待在家裡，便總是想個理由去拆解、安裝他的車子。他做那些純粹是爲了避免待在家裡。每星期六他雇一個啤酒廠的工人，一個他在城裡遇見的普通人。他拆卸摩托車，然後拆卸汽車，拆下整個馬達，午夜以後再一一把它們安裝回去。他竭力要讓他的助手看到馬達的美和魅力，熱情地講解所有的零件，助手恭敬地聽著，心卻飛走了，飛到家裡，飛到小酒館，同時暗下決心，以後再也不幹裝配工作了，因此弗蘭欽確實熱情雇用過小城所有的啤酒釀造工、製桶工和所有可信賴的普通人來幫他拆裝汽車。他不喜歡那些小有學識、略有名氣的人，他喜歡普通人，恭恭敬敬聽他講解或假裝像他一樣對此感興趣的普通人。可直到現在，直到我進了養老院，我才徹底明白弗蘭欽之所以拆裝它們，實際上只是爲了躲開我。他太愛我了，什麼時候只要我注視他，笑一笑，他就臉紅到漂亮的髮根，手足無措，恭順地繳械投降，擔心我若是這樣對別的男人笑，別的男人也一定會像他那樣愛上我。但他希望這樣的事不會發生，他希望我只屬於他，他不能與任何人分享我的微笑、我的目光、我的頭髮、我的話語。直到現在，當我拔掉了滿嘴牙齒，我才知道我在他心目中是女神，我的力量高於他，他對我從來無法粗暴，他簡直無法正視我，他從來就受不了我的目光，他垂下眼瞼，玩弄手指，藉口取煤走了出去，走到啤酒廠的庭院，在新鮮空氣中恢復平靜，然後花好長時間，從大麥倉庫旁邊的煤堆上把煤鏟進煤桶，再回來給爐子添煤，假裝忙碌，其實只是爲了避免與我的目光對視。他只在我看書或熨燙衣服的時候看我。他最快活的事情，莫過於幫我拉漿洗過並且噴了水的被套和床單，我們總是各執床單的兩角，緊緊地抓住，然後像要拉斷床單似地使勁拉。接著，最動人的時刻到了，我們面對面鬆開大床單，踩著可笑的步子向對方跑去，跑在一起時床單的四角和我們的手指碰在一起，我從他手裡接過床單的兩角。他總是那樣高興，踩著小碎步跑到我面前，然後以舞蹈動作抬起一條腿僵立不動，哈哈地笑著。可惜床單一床接一床，枕套一個接一個全都丟進了老大的洗衣筐，這筐子，我們夏天用來裝啤酒廠果園裡採摘的水果，幾十筐的蘋果和梨。我們收拾完了，只有這時他才看我，久久地看著我；這些床單被套彷彿讓我們親密無間了，在這幸福的時刻彼此理解了。星期六到星期天上午，他裝配汽車之後好像恢復了元氣，顯得神采奕奕，他的助手卻臉色蒼白，眼睛下面出現黑眼圈，走路踉踉蹌蹌。弗蘭欽挺起腰，幸福地舒一口氣。有時候，他在擰緊螺帽和螺絲時弄髒了手指，有一次甚至手指上撕破一小塊皮，弗蘭欽當時只揮了一下手，拽掉那塊皮照舊幹活。直到回家時，大老遠我就見他高舉著受傷的手指讓我看，到家他坐下一看手指便臉色蒼白，他包紮了手指，讓人人都看過，甚至躺在床上，包紮的手指在黑暗中高高地翹著，他哼哼唧唧著，叫疼，與我告別，請求我在他死後把他葬在他的故鄉科尼采的鄉下，葬在他家的祖墳上。有一次，眞的把格隆朵拉德醫生請來了，因爲弗蘭欽的手指發炎，可能會引起敗血症，格隆朵拉德醫生拿起手術刀要切開手指放膿，結果弗蘭欽連哼帶叫：「行行好吧，醫生，幫我治治這手指吧，我快死啦，看在上帝的分上救救我吧！」於是醫生不得不與弗蘭欽搏鬥。弗蘭欽見不得手術刀，醫生只好把他推倒在床壓在他身上。格隆朵拉德醫生在奧地利時期當過軍醫，他對弗蘭欽喊道：「你是奧地利戰士呀！你是奧地利的槍騎兵！」弗蘭欽依舊大吵大鬧，說醫生冷酷無情，說……世界上從沒有人痛得像他這樣厲害，他不僅渾身疼痛，而且整個靈魂都疼痛，他馬上就要死了，他要我們全都跪下，他要給我們祝福……可是格隆朵拉德醫生把我們家的女傭安卡叫來。安卡是布傑茨科人，她什麼時候都帶著一把斧頭，上電影院看電影也帶著斧頭。她來了，放下斧頭，一把抓住弗蘭欽，當她一笑露出嘴裡唯一的一顆牙齒時，弗蘭欽嚇得發抖，癱倒了。醫生幫他切除了膿包，弗蘭欽昏了過去。安卡後來不在我們家工作，弗蘭欽只得另找一位護理人員，格隆朵拉德醫生於是把他家的女僕帶上敞篷馬車送來。這位女僕比安卡還要可怕，弗蘭欽一見她，只要一見她便倒下，醫生於是可以讓他躺著治療……之後，在病後的康復期，弗蘭欽開著車在這時間停止了的小城滿城跑，與每個人聊天，讓每個人都看看他裹著紗布的手指。他齜牙咧嘴地講述他經歷的這場中歐最厲害的病痛，這病痛是他，弗蘭欽，啤酒廠經理經歷的，在這手指上。他甚至也告訴癌症患者，失去一條腿或一隻手臂的人也講，還哭訴，說那些缺手缺腿的，那些患有癌症的人，實際上沒什麼病，但他手指上的疼痛，說著，他把裹著紗布的手指舉到人家面前，說這是阿爾卑斯山以北最厲害的疼痛，是從前的槍騎兵、奧地利的士兵，一個從不害怕，也沒有必要害怕任何事物的士兵所經歷的。當弗蘭欽罹患感冒，咽喉發炎，他就把大火爐燒得通紅，我得圍著他轉，用濕褥單將他裹上。他躺在床上，我們每天都得跪在他的床前讓他給我們祝福，他寫下並讓人記下他的遺囑。有時他站在火爐旁烤得渾身出汗，差點要烤糊了，然後突然一轉念，突然不發燒了，他穿上衣服，彷彿有什麼重要事情忘記辦似地走到院子裡，走到車庫，打開發動機的罩子，病莫名其妙地痊癒了。他研究汽化器或別的什麼玩意兒，穿堂風吹著，他則兀自擺弄汽車，流著鼻涕，五小時後回來，說他的病已經好了……我在沉思中從一尊雕像走到另一尊雕像，府邸花園的沙土在我腳下咯吱咯吱地響著，猶如新下的雪，我在象徵各個月份的砂岩雕像旁走著，沒有意識到，這樣我就與一些背公豬的裸體男人[16]混在了一起。一個年輕的看林人，三角帽映著藍天白雲。這些裸體年輕女人的人生階段我都經歷過了，五月，六月，七月，八月，這些雕像動人心魄，讓我回憶起弗蘭欽，回憶起啤酒廠，回憶起我們的女僕。幾個女僕中，我最喜歡的確實是安卡，布傑茨科人，她爲人眞誠且勇敢，在我家做了很多年。不過，她每年都要喝醉酒，喝啤酒廠發酵室酒精濃度很高的酒，喝醉了走來，兩眼閃爍著火熱的光，坐下便說開了，說什麼有一天一切都將改變，有一天將不再有女僕，不再有老爺，不再有乞丐，不再有人低三下四，所有的人都將一律平等。她站起來，用手指把頭髮梳向後面；安卡喜歡頭髮理成男式。她又坐下，繼續說這些話，眼睛亮閃閃的。我覺得好笑。結果，安卡說對了，現在已經不再有女僕。我在幽徑上漫步，或者在臺階旁走著，上面欄杆那裡傳來嚓嚓的紙牌聲、玩牌人的叫喊和贏家的尖叫聲。兩個穿花衣服的老太太拄著枴杖，緩慢地搖著肥胖的身體，兩腳卻在小路的沙地上拖在後面不動。沒有女僕很好，我都快忘記她們了。她們提著柳條筐到來，筐裡插著一把雨傘；她們都來自山區，來自斯洛文斯科，個個那麼年輕，還不到二十歲，都是羞怯的小姑娘，然而她們得睡在廚房。晚上或深夜，我們回家，必須穿過廚房走進廊子，才能回到屋裡。有客人時，我們也得經過廚房，所以這些姑娘坐在廚房的桌子旁不敢睡覺，坐著假裝看書。她們可以躺在折疊床上，但年輕的姑娘害羞，怕被人看見攤手攤腳地躺在床上進入愉快的世界，比現實要愉快的世界。這些女僕隨著黃金的舊時代一起消失了，這很好，我只是在這裡，在養老院裡回憶往事時才想起她們。我感到有點慚愧。這樣的姑娘除了管吃管住，一個月才掙一百五十克朗，睡在廚房，無論什麼人晚上九、十點走進廚房，她都恭敬地站起來，直到我們睡覺時，她才鋪開那張白天當桌子的奇怪的床，它像火柴棒似地搭起來，很狹窄，睡在上面只能伸直身體入眠……姑娘做的工作不少：幫爐火添煤、打掃環境、餵豬餵羊；我也餵，但只是偶爾爲之，而且只是爲了表現一下我也會餵豬餵羊……二十多年來，每個女僕都是收了聖誕節禮物之後，一月份鄉下便會發來電報，是她的鄉

16 「背公豬的裸體男人」意為「淫棍」。

下親屬，父親、母親、兄弟發來的，通知我們姑娘得回家，因為家裡有人病了……於是，姑娘收拾她的小柳條筐，把雨傘插在筐裡，面有愧色地微笑著與我握手告別，彎彎膝蓋，漲紅了臉，回家了。我只得二月份另找一個新的女僕……唯有布傑茨科的安卡在我家待了三年，她簡直像個穿女裝的小子，在啤酒廠但凡夜裡有小偷，總是安卡出來對付，她手拿斧頭，頭髮往後一抹說：「太太，我去！」她獨自去了，因為我害怕。她獨自趕走小偷，獨自用這把斧頭打死一隻偷吃鵝飼料的大老鼠，獨自去看電影，斧頭掛在裙子裡面的腰帶上。那邊，在拉貝河畔，她用斧頭打暈一個襲擊她並妄想要她交出生命或錢財的人。她只有一顆牙齒，她大笑著講述她一口牙是怎麼失去的。她在家鄉當馬車夫趕馬車，在幫馬套馬鞍的時候，她常用拳頭在馬肚子上捶一下，以便趁馬吐氣的當口扣上皮帶。不料有一次，那馬卻吸起氣來，她正用牙齒咬著皮帶找扣眼，馬猛地用力吸氣，她滿口牙齒便全給拉光，只剩下一顆。她咧嘴一笑，這牙就在牙床上可怕地閃光。女僕沒有了，這很好，不再有人伺候人像舊時代那樣，這很好。試想如果當年我也不得不當女僕，我會嚇死，會跳到火車輪子下面……不過，弗蘭欽喜歡這些姑娘，據我看她們也喜歡他。弗蘭欽喜歡和她們坐在一起，聽她們講過去的事。所有的女僕都出身貧苦，這方面弗蘭欽跟她們一樣，他青少年時也窮得難以置信，過聖誕節，他和佩平大伯只有一棵小聖誕樹，只有小蘋果和甜點心，聖誕日他們吃帶餡的小甜麵包，喝白咖啡。弗蘭欽總是盼望著我出去排演的晚上，他可以在廚房和女僕面對面地坐著，雙方都迫不及待地搶著說話；女孩說的一切他都贊同，他則講自己在亨波采當店員學手藝時的情景，聽得姑娘激動地尖叫著站起身，撫摩弗蘭欽，他也撫摩她……有時我故意提早趕在弗蘭欽來大橋迎我之前回家，我在院子裡從窗戶看廚房，聽見這兩個人在說什麼。我明白了，這些姑娘講的都一樣，實際上就是布傑茨科的安卡喝足了發酵室的好啤酒之後，站在門口大喊大叫的那些話。她指責我和弗蘭欽，叫嚷老爺們的黃金時代很快就要完蛋，一切很快就要改變，後來也確實改變了。那天，我在窗外聽到，原來弗蘭欽也持同樣的觀點，但是他害怕暴力，他總是期望那些與他一樣的人，在改革時會得到公正的對待……當我走進廚房，談話便結束了，弗蘭欽不再說下去，結結巴巴走開睡覺去了，女僕則漲紅臉，開始搭床鋪。弗蘭欽畢竟有祕密！每個月我在他的公事包裡都會發現一大塊巧克力，包裝紙上有 Chocolat du lait [17] 字樣，每次這塊巧克力總是不知去向，我不知

17 法文，意為高級巧克力。

道弗蘭欽把它給了誰，討好了誰……當女僕嘴裡吃著什麼東西時，我便出其不意地捏她的嘴，逼迫她張開嘴巴，但每次看到的只是蘋果乾或麵包皮，惹得女僕每次都嘲笑我。之後，當我再強迫她們張開嘴巴時，她們就反抗，甚至與我打架，爭吵不休；我深信她們嘴裡肯定是Chocolat du lait，結果卻仍是蘋果乾……就這樣，我一次也沒得到過他的那些大塊巧克力，它們月復一月、年復一年不知去向，直到現在進了養老院，我也不知道當年他的這些巧克力究竟給了誰。有天晚上，我排演回家比平時早了些，在亮著燈的地窖裡，布傑茨科的安卡正坐著切餵豬的蘋果，地窖的電燈一會兒亮，一會兒滅，安卡尖叫著。我悄悄地開了門，只見弗蘭欽站在過道裡靠近地窖門的地方正在把燈一會兒開，一會兒關。他哈哈地笑著，滿嘴Chocolat du lait。布傑茨科的安卡在地窖裡又笑又叫，弗蘭欽則不停地把電燈忽開忽關，吃著巧克力、咳嗽著、興高采烈，像個孩子……我悄悄地退出來，回到啤酒廠前面蹓躂了半晌，免得掃了弗蘭欽的興，因爲我若突然出現，弗蘭欽會開始鋪床，會一下子渾身疼痛，會把火爐燒熱，躺在床上，吃藥，一小時後會求我跪下，他將與我告別，因爲他天沒亮就要去世……我那只剩一顆牙的女僕布傑茨科的安卡如今在哪裡？我認爲弗蘭欽把巧克力給她了，Chocolat du lait……如今我在府邸花園裡散步，不再有女僕了，這有多麼好。兩個穿花衣服的老婦人坐在長凳上，我已經看不見她們，但隔著灌木叢，聽見她們在說話。「是的，是的，」一個聲音說，「黃昏時候來，女兒的骨灰裝在我用鉤針鉤的包包裡送來。」胖女人挺起上半身大叫：「上帝啊！我在一尊尊雕像旁邊走著，不再看雕像，沒有女僕了，這很好。她們與黃金時代一同消失了，這很好，沒有女僕了，這很好。」這時我站在雕像「冬」的面前，骨瘦如柴的裸體老頭，一件裘皮大衣淩空十公分，虛裹著他凍僵的身體，一頂主教法帽似地裘皮帽子映著天空，但老頭卻湊在胖嘟嘟的小愛神抱著的一個圓桶的破洞口烤手，洞裡冒出小火苗。兩位安養的老婦人拖著抬不起的腳朝前走去，拐進修剪整齊的山毛櫸樹的幽徑，背後留在沙地上的痕跡，活像有人在地上拖過兩袋糧食、兩隻死豹……「這可是意外啊！」山毛櫸樹那邊傳來喊叫聲：「那就去亞得里亞海游泳吧！」另一個聲音淒厲地喊叫：「上帝啊！」

8

住在這古老莊園的某些安養的老人，始終處於睡眠和半睡眠狀態，醫生關心的是充分睡眠以抑制一切稱爲「意識」的東西。護士們供應足夠的半睡半醒藥片和針劑，甚至時刻注意不要讓誰過於清醒。所有躺在床上的人都像嬰兒一樣用尿布，實際上護士們像年輕媽媽似地關心著換尿布，每隔一會兒就有護士匆匆把臭烘烘的尿布扔進塑膠大桶，不斷有什麼地方尿濕了，護士小姐不斷地洗手。每天早晨要換床單，一堆堆團皺的、有黃色痕跡的臭床單從打開的窗戶扔到院子裡的卡車上，之後送往原是修道院餐廳的洗衣房，當年奧古斯丁神父們曾在那裡檢查所有書籍，並將它們分類爲哪些書有用，哪些書有害。現在則是洗衣房和鍋爐房……每個房間都有一股氣味，像產科醫院裡尿布和嬰兒的氣味。產婦爲臨盆忙碌著，可是在這莊園，在這氣味中緩緩忙碌的無疑是導向死亡。護士們發藥、打針，讓死亡之途較易忍受，比如那個老婦，她從睡夢中醒來，支著手臂抬起身子看看周圍，看出了自己的境況，馬上按鈴要護士送含酒精的飲料來，送藥來，以便擺脫現實，於是這虛弱的老婦又進入半睡半醒狀態……再說，即使天氣好的日子，在花園和庭院裡走動的老人，他們大多也處於半睡半醒狀態；由於無處可去，他們多半站在那裡看著敞開的大門。他們可以出去，愛上哪就上哪，能去哪就去哪，正像籠中的鳥，籠子的門忘記關閉了。老人們東走走，西蹓蹓，有時想進城去，可是在林蔭道上走到中途，他們的時間卻突然停止了，沒有了目的，沒有理由再往前走，於是回來了。他們甚至不再想去喝啤酒、喝咖啡，不願看到糕點糖果店，不願看見年輕人；他們回來了，敞開的大門，兩扇巨大的、鑲著綠邊的大鐵門如同猛然張開的翅膀。安養的老人回來了，因為老年人確實已經沒有地方可去，於是回來走進往事，走進心靈世界，一度曾是那樣眞實的世界，猶如……猶如什麼呢？我喜歡看兩個老男人，他們齊步走，興高采烈，兩人都拿著手杖，手杖隨步伐的節奏擺動，猶如汽車上的雨刷。他們自己也裝作兩個連在一起的雨刷，邁著可笑的步伐，還裝猴子、做鬼臉，怪模怪樣逗別人笑，逗那些坐在那裡、在沙土上畫密碼的人，追隨漫無邊際的思緒畫著密碼的人……我喜歡一個安養的老人，他怕冷，夏天也穿著冬大衣，總是坐在大門口聚精會神地看著那條林蔭道，直看到下面的教堂，那裡永遠明亮，有陽光，合抱的栗子樹樹冠在那裡到了盡頭。他穿著冬大衣，兩隻無指手套用一根長繩子連著，繩子縫在大衣裡面的肩膀和袖口處，免得丟失，就像媽媽通常會給孩子做的那樣，他則是妻子在送他來這裡時幫他做的……我喜歡一個老太太，每當夜裡大風來襲，狂風颳得整座府邸顫抖，窗戶砰砰響時，她就把自己的貴重物品收拾起來，穿好衣服下樓；她準備好了，雨傘放在箱子上，手裡緊捏著身分證。她是德國人，戰前住在佩奇爾，她說撤退到這裡來時她大約三十歲，是個老姑娘。有一天，一個老太太受命當我們住宅區的區長，我們那個住宅區共有六戶人家，她命令擦乾淨六張桌子，命令把新鮮麵包和刀子放在餐巾上，旁邊的碟子裡放一小塊奶油。然後，佩奇爾郊外密林中一個住宅區的這位當區長的老太太，命令六個家庭站在六座小房子前面，每家主婦把最貴重的東西包好，身分證和其他證件拿在手裡。德國女人平靜地向我敘述著，說她那時不得不聽從這位區長老太太的命令，像住宅區的其他人一樣交出錢財，由老太太檢查決定哪些是需要的……就這樣，在一九四五年的最後時刻，六個家庭坐在房子前面，房子裡的火爐都滅了，區長老太太一轉念又走進每棟房子，把所有的時鐘全都停了，然後走出來。撤離官員到來，區長老太太上了汽車，沒有掉眼淚……德國女人說：「我後來從車廂裡逃出來，在布羅摩伐的工廠裡當紡織工，現在領養老金。有時我坐車到佩奇爾去看看，我們的房子現在是郊區度假小木屋，我坐在山坡上，一個年輕男人請我往前走。別害怕，因爲他見我從早晨到中午就這樣坐在那裡，他便琢磨出是怎麼回事了。他請我進屋去把可能是我的東西拿回家，但我羞紅了臉，逃進樹林。」德國女人說了這些話。現在，無論什麼時候，只要聽到一聲巨響，煙筒倒了，或者大風颳倒一棵老橡樹，巨響震撼府邸，這德國女人就會用一塊舊桌布包住她最貴重的東西跑下樓，跑進門廳，坐在老掛鐘下面，手裡拿著身分證，等待什麼可怕的事情發生。她甚至嚇得站起身把掛鐘弄停……戰爭結束後，弗蘭欽當經理的啤酒廠收歸國有，股份全部賣給工人，連佩平大伯也有三股。他白天黑夜對著我和弗蘭欽大喊大叫，說現在他是百萬富翁了，工人們是百萬富翁了。他站在門檻上破口大罵，叫嚷說現在當家做主的是他，是工人，現在沒人會再剝削他，他可以解雇弗蘭欽，他是百萬富翁了。他，啤酒廠的工人，從前的鞋匠，現在是他大權在握了，如果弗蘭欽膽敢不來幫啤酒桶保溫，冬天不下河取冰，他就解雇弗蘭欽，還說他要和我們換住處，說我們將住在工人房，他將住進五間一套的寓所；說現在這裡有了廠委會，這廠委會就等於從前老爺們的管理委員會，工人們將每個月坐在會議廳的大桌子旁，大桌子鋪著綠色細麻布，像撞球檯似地……我嚇得臉色發白，大伯則又嚷又笑，揮動著國有啤酒廠的股票。後來，當我走在城裡時，我知道自己神情抑鬱，而城裡的婦女，那些由於我的笑容、我《時尚世界》式的衣裝而苦惱了二十五年的婦女們，現在則微笑著，我看到她們怎樣高昂著頭輕快地走著，怎樣爲啤酒廠歸屬工人而感到驕傲，爲傳說要我們搬出去而感到驕傲，說唯有眞正做事的人才能住在啤酒廠。當我回到啤酒廠，只見廠委會主席站在副經理面前對他大聲叫嚷：「我們現在不要頭上有地主管家，不要城堡裡來的弗蘭欽先生，從今天起，我們自己分配工作。」副經理不服氣，爭辯說：「我可是你們的代表們任命的呀，只要管理委員會存在，你們就得聽我的！」我站在那裡感到震驚。箍桶師傅是個嚴肅且嚴厲的人，他說：「可惜你落後於時代了，從今天起，啤酒廠是國營企業，我們是主人，我是廠委會主席。」箍桶師傅做了個手勢，把世界一分爲二，副經理在他背後追著，抱怨著：「我跟你們一樣啊，我跟你們一起在這裡工作過，在發酵室當發酵工，也是工人呀！」他拽著箍桶師傅的衣袖，但箍桶師傅甩開他，提高了嗓門：「你一向和我們作對，一向是老爺們喜歡什麼你就喜歡什麼，而且還在我們面前炫耀自己，我們不寬恕你，簡直就不能寬恕你！」副經理還想爭辯：「可是你們當時不要我！」箍桶師傅轉過身，舉起一隻手大笑起來：「不要你，老爺們要你呀。可是我們，我們工人們現在解雇你，解雇通知書已經發出去了，你最好待在家裡，別再來啤酒廠找我們。」那天，副經理先生含著眼淚走了，我不喜歡他，他大概也不喜歡我，但是我不免想到他的命運實際上是和我們的命運連在一起的，我們和他同屬一個階級，屬於管理啤酒廠、命令工人的那類人。我們也許並不願意發號施令，但不得不如此，因爲這是啤酒廠管理委員會和責任有限公司的要求，付給我們工資。這時，我意識到過去超過四分之一個世紀，我的生活激怒了小城所有的婦女，激怒了那些睡在廚房、只有一間屋子的家庭；實際上我養的三頭豬也激怒了鐵路員工的妻子，她們爲了買便宜一些的油脂，便宜一些的五花肉，購打折扣的車票去布拉格買便宜一些的五花肉，而我卻有成桶成桶的油脂和醃豬肉，豬是我用啤酒廠的麥渣和酒糟餵養的。我和她們相似之處，僅在於我和她們都不出去旅遊度假，她們在節慶、假日提著大桶乘車去摘覆盆子、黑莓和樹莓……可是，副經理先生已經不能再來啤酒廠上班。秋天，我決定去摘蘋果、榛果和梨，我和兩個雇來的領養老金的人，正站在梯子上摘這些作爲實物收入的果子時，副經理的妻子來了。她爬上我的梯子，摘了蘋果放在她自己的籃子裡，還一面哭一面抱怨，說這是她的樹，作爲實物收入屬於她已經三十年了。我按捺不住，生起氣來，我說以前是，可現在副經理先生已被解雇，現在所有這些蘋果和梨都是我們的，這蘋果，這果子屬於我們！說著，我在梯子上蹭了蹭鞋，泥巴落到副經理太太的臉上，可是她卻瘋了似地拚命搶著摘，伸長手臂去搆果子。梯子歪了，兩個人的重量壓得枝幹開了杈。可副經理太太繼續在搶摘，在爬高，大樹下面已有好幾堆蘋果在草地上閃光，但副經理太太還是在梯子上一級一級地往上登。我退下一級踩在她扶著梯子的手背上，這下子她完全失去了理智，抓著我的裙子又往上爬了幾級。爬得那麼高，她只得彎腰俯身去摘蘋果，但樹枝支撐不了了，蘋果跌落，梯子隨著樹枝一路歪斜，我們也緩緩跌到地上。副經理太太跌在我身上，我推開她，籃子翻了，蘋果滾了出來，她搶著從我的蘋果堆上把蘋果裝進籃子，再倒進她的小車，我讓她一籃一籃搶著裝，愛裝多少就裝多少。然後，我抓住小車把它推翻，滿滿一車蘋果全都倒在我那些蘋果堆上，於是我們倆面對面站著，怒目相視，掂量手裡作爲武器的空籃子有多重。正當我看準最佳時機，要用籃子朝對方頭上重重打去以維護我摘了兩天的十多擔蘋果時，三名工人在箍桶師傅的帶領下從麥芽車間走了出來，他們踩著秋天的草地徑直朝蘋果堆走來。副經理太太趁我注視來人的時候撞了我一下，把我撞倒在蘋果堆上。我飛快地爬起來，使出全身力氣推倒副經理太太，掄起手裡的籃子，但箍桶師傅溫和地拉住我的手，說：「實物收入已經廢止，果園和果子是我們的，就連那幾大堆，還有那些梯子和筐子，所有這一切統統都是我們的。從今天起，來這裡摘果子摘核桃的是我們，我們有孩子，有孫子，即使沒有，果園現在也屬於我們大家，不再屬於老爺們。」副經理太太站起來，高興地看著三個工人，譏諷地朝我微笑。我則感到悲哀。

那兩個領養老金的人，我餵了他們兩天，請他們喝啤酒，每天晚上付給他們工資和一筐蘋果，剛才還在樹上摘蘋果，如今提著滿筐蘋果下來了，站在副經理太太那邊；我請他們吃肉、喝啤酒、吃麵包時，他們管我叫夫人，恭敬地對我微笑，如今卻站在那裡，跟三個工人一模一樣地看著我，擺出對我的某些行為很氣憤的樣子。對他們來說，我這個人在世界上不該存在。他們全都看著我，我突然感到要不是他們有點羞愧，他們會打我，直到把我打死，認爲我現在最好不僅要搬到工廠的廉價宿舍去住，而且最好和弗蘭欽一起搬出工廠，因爲時代完全不同了。啤酒廠的果園也跟我現在越來越少去的小城一樣，自戰爭結束以來，我就有一種不愉快的感覺；大家已經不再喜歡我，我對他們來說彷彿是透明的，他們透過我看過去，彷彿我不存在……如今下著雨，這已是第二天下雨了，我在養老院靠窗坐著，雨水在窗上緩緩流淌。遙望小城，玫瑰色的城牆，玫瑰色的街道，玫瑰色的大教堂在雨中顯得發紫。下著雨，但西邊的天空已露出紅光，那裡的什麼地方太陽已經在雨中照射，正是彩虹出現之前的片刻，空氣裡充滿了米黃色的濛濛霧氣。走廊裡有線擴音器播放著動人的〈哈樂根的數百萬〉，實際上養老院裡半數婦女是小城的老人，我幾乎都認識她們，她們也認識我，現在她們看上去比我強多了，都裝了假牙，比我整潔，用心地梳理頭髮，而我卻把頭髮剪得像剛從勞教所裡放出來的人。當她們在這裡看到我穿著粗布衣服，她們會怎麼想呢？她們看到我老是出去，老是到處蹓躂，老是好奇地觀賞莊園的天花板和牆壁，老是站在巨大的藝術門扇前觀賞大門，讚歎不已，她們會怎麼想呢……不過，我十分清楚，這些婦女現在跟過去一樣，她們不會寬恕我，不會寬恕我這個過去的經理夫人，不會寬恕我喜歡穿得漂亮……這些老婆子們現在也不寬恕我，因爲我現在又跟她們不一樣了，我對自己毫不在乎。她們不寬恕我，還由於她們愛看電視，在電視裡找到娛樂和教益，而我呢，沒有人見我哪怕只是瞥一眼螢幕，卻對這座過去莊園的壁畫百看不厭……城裡文化普及協會來此辦的講座我也不去聽，甚至沒有人見我看過書……於是，我又跟別人不一樣了。我有點爲此感到驕傲。有兩個老婆子甚至買了牛仔褲穿著在我面前走動，我看都沒看一眼，她們還故意繞到我面前跟我打招呼，我還了禮，但依舊像當年我是經理夫人那樣按照《時尚世界》的樣式穿衣。即使在這裡，在這莊園，我住的地方也跟別人不一樣，我有自己的房間，只與丈夫在一起，因而實際上還跟以前在啤酒廠住的寓所一樣……如今太陽出來了，小城水淋淋的，有人打開走廊上的一扇窗戶，濕潤的芬芳空氣透過飄拂的窗簾吹進來，牆上和天花板上的彩色壁畫光彩奪目。我在清潔的灑滿金紅色陽光的走廊上漫步，不時同情地偷偷看一眼室內。我漸漸看清了，一間屋子八張床，上面躺著已經無力下床的老年婦女，她們支著手臂抬起身，但支撐不住跌倒在枕頭上；她們蓋的被子薄薄的，但對她們來說，卻重得猶如一塊白色的墓碑，紀念碑……然而，在這昔日伯爵府廳堂的天花板上，卻高懸著一幅巨大的壁畫，邊角捲著；畫上幾十個年輕的裸體女人以滿含愛戀的目光注視著一個方向，那裡有她們的情人，一個年輕男子，此人現在還看不見，但是已經在要來的地平線上。我輪番看看天花板，又看看床上，老婦們一邊抹嘴巴一邊看我，目光中帶著責備，實際上是由衷的嫉妒，因爲我能走，能生活自理。她們的目光卻又暗自希望在眼神中，甚至在譏笑中能夠向我說出她們對自己的生活，對養老院，以及對整個人生的感受……然而，在她們的頭頂上，幾十個裸體女人在飛，在純潔的情慾中飄浮。這些女人不善於也無須掩飾她們飄浮在哪裡，她們飄浮在男性情慾的注視中……女病房天花板壁畫裡的這些婦女，這些美女，都被飛翔的小愛神圍繞著，胖嘟嘟光溜溜的小天使，把手裡抱著的鮮花撒在她們身上，有夾竹桃、山茶花和地中海地區生長的、我窗外花盆裡種的那類花朵……壁畫上飛翔的小愛神、小天使猶如男性的種子，猶如原愛，由此產生漂亮的孩子……我看著，這些年輕女人不加掩飾的情慾，令我驚愕不已，我不禁希望，或許這裡，躺在白色病床上望著天花板壁畫的八個老婦也跟我一樣，希望有一天當時間到來，天花板上的婦女會向我伸出手，把我從臨終的床上拉到上面，拉到天上的婦女中，和她們在一起……就像我母親一樣，她彌留時神志不清，說管風琴樂聲如雷，聖母瑪利亞從天而降，向她伸出手來拉她升天，她已觸到了聖母的藍袍……我心情激動，目光移出病房，後來，我站在走廊上抓著尼龍窗簾從三樓遠眺河對岸高聳的米黃色啤酒廠。在那裡，我曾經是幸福的，但我的幸福現在算得了什麼，過去的幸福又算得了什麼……啤酒廠已見不到副經理和他的夫人，接著，弗蘭欽也收到了解雇通知書。他低聲抗議：「我可從來沒有作威作福啊！」管委會的主席溫和地說：「是沒有，經理先生，你沒有作威作福，你對我們確實不錯，心地善良，可是這一點在今天對你來說反而更加不利。我們認爲你壞就壞在這裡，你的好心眼麻痺了我們的軟弱份子，有助於更嚴厲地控制我們，明白嗎？」弗蘭欽搖搖頭，說：「我不明白，但我理解，我照辦就是了。」管委會主席鬆了一口氣，說：「你也趕快把車庫騰出來，汽車在木墩子那裡，你去把它拉走吧，油桶和所有的備用零件也一起拉走，否則我們幫你搬出來放在啤酒廠圍牆的後面。」後來，弗蘭欽最後一次走進自己的辦公室，取出美國製辦公桌抽屜裡的東西。他把抽屜裡的東西一股腦倒出來，管理委員會的成員都來觀看，欣賞弗蘭欽怎樣倒抽屜時把墨水瓶和阿拉伯膠水也一併倒出來。膠水灑了，沒有人幫他一下，只是站在那裡看著，就跟看火車相撞、汽車出車禍，發生了自然災害一樣，沒有人爲他表示遺憾，沒有人對他說什麼，因爲他們看到了並且正在看他們夢寐以求的場面，啤酒廠經理含羞離去的場面。他的座位上將是一名獲得勝利的新任管理員，只對他們、工人們、管理委員會負責……當弗蘭欽把自己的書寫用品和三副棉布袖套裝在洗衣筐裡離開時，沒有人幫他的忙，甚至沒有人幫他開一下門。就這樣，當弗蘭欽兩手抬著筐子，下巴壓在放在筐頂的舊日曆上離開時，他不得不先把筐子放在地上，打開房門，用腳尖頂住半開的門，然後用膝蓋撞開門扇，費力地擠出門來……當他回去取最後的物品時，他從櫃子裡取出兩盞大肚子圓燈芯的舊煤油燈；這種燈點燃的時候嗡嗡作響，寫字的手感到暖烘烘的。工人領導說：「這燈不是你的，清單上寫著歸我們接收。」說著，他拍拍胸脯。弗蘭欽臉漲紅了，請求說：「這兩盞燈是我買的，是我幸福的黃金歲月的紀念品。」可管理員一口咬定說：「這燈是我們的。你在啤酒廠撈足了錢，蓋了小別墅，我們卻靠救濟過日子。你只消想一想啤酒廠的工人宿舍間，想一想佩平，你的親哥哥，想想他在那裡的單人床挨著釀造間的女工瑪麗，想想我們的孩子住在宿舍的破窩裡，冬天爐灶上的水罐子結冰。可你呢，想想看，你有什麼憂愁？你只想別碰上麻煩，別得罪管委會的人……歸根結底你想的是什麼？是同志們嗎？我們寬宏大量，你把那兩盞燈拿走吧，拿去作爲你的黃金時代的紀念品。」弗蘭欽取回了他最後的東西，可是管理員還追到院子裡對他嚷道：「你的時代再也不會回來了，我們已經把股份分了，現在我們是百萬富翁了，啤酒廠的股東現在是我們……不僅啤酒廠是我們的，所有的麥芽廠，所有的機車，所有的銀行，所有的啤酒花種植場，所有的工廠，所有的一切統統都是我們的。」說著，他砰一聲關上房門。弗蘭欽拿回了他自己的最後的東西……我站在莊園的走廊上，呆呆地看著清潔的地面，什麼是人的幸福？不幸在什麼地方正暗中窺視著我們……有人站到我的面前，搖動的手掌在我眼前閃光，對，這是舊時代的見證人奧托卡爾·里克爾先生，他高興地對我說：「在這時間停止了的小城，從前每到晚上，小酒館就熱鬧非凡，雞鳴之後才會清靜下來。這並不奇怪，因爲當時這裡有價格便宜的好啤酒，正宗的啤酒。那時候的啤酒的確是名副其實的液體麵包。就連社會名流，不論年老年輕，都是小酒館的常客，此外也不乏喝酒的勇士，半公升的大酒杯，一口氣就能喝下二十五杯，登峰造極的一次喝下兩公升四品脫的啤酒，有時則採取玻璃靴的形式，德國大學生的慣例，飲酒者須有喝酒不灑出來的能耐。飲酒會開始時有一定的儀式。頭一個飲酒人得按儀式舉起兩公升的啤酒，從上到下拍三次手掌而不灑一滴酒。一陣喧嘩之後，『咕嘟，咕嘟，咕嘟』。偉大啊，酒就該這麼喝，直喝到再也喝不下去爲止。他的鄰座跟上來，誰喝得多，誰就是英雄。兩人挽著手臂，同時把酒杯從腰際舉到嘴邊爲兄弟情乾杯。一些沒錢光顧好咖啡店的酒客們，出了小酒館就上從前老啤酒廠對面的柯斯特利克店，那裡四間屋子中的一間有女服務生，酒客們最喜歡坐在廚房裡，喝十哈萊什一杯的黑咖啡。他們回家時，附近教區的主教往往已開始做早彌撒。」舊時代的見證人里克爾先生講完，我撫摩他滿是皺紋的手背，他知道我想獨自待一會兒，想繼續沉入夢境，往事一次又一次反覆回到腦際……天早已黑了，我沉思地站在潮濕的臺階上，砂岩雕像隱沒在昏暗的暮色中，可是那邊，北面的天空，在高大的白楊和橡樹的上方，一輪明月出來了，光華四射，猶如北極光，在它的照射下，這裡的軍營顯得格外黑暗。那邊，在樹林和山岡後面的一處大軍營燈光明亮，那裡有飛機場、管理大樓、娛樂場所和部隊宿舍，還有電影院和其他教育文化站……燈光越過山岡和樹林映照出山毛櫸林蔭道上的雕像，這些軀體上蒙了一層黃昏霧氣的年輕女人，彷彿沐浴之後抹了香膏，只等著投身情愛遊戲。她們憂鬱的目光中飽含渴望。我突然感到自己的生活失敗，我還沒來得及看一看周圍，所有曾經愛我的年輕男人卻都已老了，像我一樣老。如今我站在這裡，站在這些被軍營的燈光照亮的溫柔雕像面前，軍營城在那邊山岡和樹林後面，我們管那地方叫我們的芝加哥……小羽毛在飛，飛上星際，我如今生活在無比幸福之中。

9

〈哈樂根的數百萬〉棉花糖似地塡滿了廣播節目之間的空隙，國際新聞、國內新聞，各種講座，以及吹奏樂，唯有吹奏樂吸引著一些老太太和老先生，他們對此非常感興趣，聚精會神地聽，挺直了身體，舉手打拍子，眼睛閃著光芒；新聞則幾乎沒有人聽，或者根據特種信號，只聽某個喜歡的人。我的印象是，倘若宣告戰爭，養老院的人大概無人在意，尤其在準備要吃飯的時候。午飯幾乎天天像過節，是人人盼望的時刻，除卻那些患有胃病或肝病的人，但即使他們，也滿心嚮往著不鹹不辣的湯和清淡的粥。安養的老人們幾乎在飯前一小時就做準備了，迫不及待地看鐘，天氣好的日子也寧可在走廊裡走來走去，在兩扇約莫四公尺高的大門打開前五分鐘就排隊，呆呆地凝視著前面，嚥著口水，不說話。大門一開，個個都竭力衝向前去，腿腳不便的人則坐在桌旁自己的座位上。有些人爲了不去想吃的東西並爲此煩惱，就仔細地擦拭包在餐巾裡的餐具，仔細地抹淨湯盤，把湯盤湊到亮光中，以便看清盤子是否纖塵不染。於是天花板上和牆上，這時便閃爍著數以百計隱隱約約的光亮；瓷盤的反光、鋥亮的湯盤的反光，數以百計的小鏡子在巨大的壁畫上奔跑，壁畫覆蓋了過去伯爵府大廳的整個天花板，這大廳大得跟火車站似地，鼓漲的畫布上畫的是騎兵交戰場面，頭上綴著羽毛的希臘軍隊正在砍殺身穿沉重鎧甲的波斯兵，劍光閃閃，騎兵交戰和廝殺的全過程。垂死的人，正在倒下的人和馬，一切都由戰鬥和拚搏連貫起來，中央是亞歷山大大帝，目光炯炯揮劍砍殺，他的長槍黨則衝在前面把敵人拉下馬，數以百計的激戰中扭曲的臉，數以百計的士兵儘管胸口、脖子受了致命傷跌下馬來，眼睛卻看著自己的領袖，那個揮劍拚殺、使部下深信必勝無疑的元帥。有一個年老的戰士甚至用生命保衛元帥，代替他的主人掉了腦袋，與坐騎一起倒下，儘管他的主人對此渾然不知。劍光閃閃，幾百條手臂在廝殺，幾百根長矛，幾百面盾牌叮噹作響地抵禦著，養老院食堂的整個天花板充滿了呻吟、叫喊、轟響、爆炸和馬匹的嘶鳴，因爲坐騎也在交戰，馬匹在對咬……可是下面，幾百張桌子旁坐著四百名安養的老人，湯還沒有端來，老人們再一次擦盤子，四百個盤子閃出光芒，瓷器淺湯盤猶如用以搜索的圓錐形折射器，照耀著整個戰役。沒有人看上面，連弗蘭欽也不看，只有我看。令我驚訝的是，我看到的、目睹的事情賽過電影。電影人人都可以看，誰花錢就能看，這裡卻沒有人看，唯有我看，我感到榮幸……弗蘭欽從清晨起就收聽全歐洲各地的廣播，對這裡他不感興趣，他人在養老院，心卻不在，心在所有用捷克語廣播新聞的電臺。他對照著渥太華世界地圖冊，浪遊在所有這些廣播中，弄得疲憊不堪。在這方面，他很像玩瑪利阿什紙牌的人，看手錶，只擔心錯過收聽新聞的時間，一分鐘也不能錯過……有時候他微笑地看著我，彷彿離得很遠地看著我，目光中帶著輕蔑，這我知道，我生活在這裡，對這座府邸著迷，我在陽臺上常常眺望我們曾共同生活過的小城好幾個鐘頭……湯來了，姑娘們從廚房端來一盆盆冒著熱氣的湯，四百雙眼睛抬起來，每雙眼睛都滿含熱情。每人一大湯杓，對患有帕金森氏症的給另一種湯，整個大廳彌漫著幾十個湯盆冒出的熱氣；嘈雜的皮鞋、皮靴和便鞋的拖動聲，急速的湯匙叮噹聲，這些聲音加上大廳裡鼓起的帆布，讓我感到活像一輛巨大的運乾草的大車。隨後，聽到的是不耐煩的湯匙碰到瓷盤的叮噹聲、啜湯聲、吧答嘴巴聲、飽嗝聲、鹽瓶磕盤子邊的聲音，盤子上面是低俯的眼鏡片，大廳裡滿是鏡片的反光，滿是銀色的小魚，弧線，臉和下巴幾乎碰到盤子了……四百個腦袋隨著喝湯的節奏擺動，一匙一匙的湯通過喉嚨流到胃裡。所有的人，即使患病的人，也都食慾旺盛，吞食著看上去像是麵條加蔬菜的湯。第一階段這狼吞虎嚥的景象，簡直令人難以置信，即使兒童也不會像這些安養的老人這樣狼吞虎嚥，主要是那些消化不良的人，患十二指腸潰瘍的、胃弱的、神經性胃弱的，他們沒等主菜上來，便痛苦地想像今天那最美味的肉是否把他給忘了？他能否多要些餐包？多要點醬汁？與此同時，天花板上的年輕男人們以同樣的勁頭在殺戮，以同樣的仇恨要消滅對方。壁畫上的騎兵戰役，輕裝的希臘戰士光腳，手持長矛、短劍，巨大的盾牌遮著肚子，只等時機到來做最後一擊以消滅穿沉重鎧甲的波斯人。而下面，在這大廳裡，主菜端上來了，餐包、肉和醬汁，四百個盤子在一一降落，四百雙抬起的熱烈目光，也隨著低下來直至盤子放到桌上，分量符合期望便熱情高漲。如果盤裡的肉只是一塊筋，熱情便漸趨熄滅，先是驚愕，隨後是氣憤，情緒激動，掃視別人的肉塊，然後把餐刀碰得叮噹響，叉子叉起肉和餐包送進嘴裡，咀嚼，嚥下……有些老爺子還有這樣的習慣，幾十個人，到時候就有人把假牙摘下，這動作做得不顯眼，竭力做得不顯眼，結果在把假牙放進手帕時，幾乎個個都是啪的一聲，假牙掉在鑲木地板上了。面有愧色的老人俯身去拾，然後羞得滿臉通紅，把假牙和手帕一股腦塞進口袋，而另外幾十位安養的老人卻在把假牙從口袋裡掏出來戴上，於是，一頓午飯就充滿了湯匙和刀叉的叮噹聲，盤子的碰撞聲和假牙落地聲……而且所有的人都狼吞虎嚥彷彿在競賽，甚至彷彿希臘人和波斯人的交戰從天花板落到地上來；這裡使用的不是劍、長矛和盾牌，而是湯匙、刀叉和餐巾……當所有的人都吃完了，那些連別人因病讓給他們的半份也吃掉之後，突然間會出現木然發呆的神態，大肚漢們突然醒過來，直到這時，他們才從食物的迷濛中走出，直到這時他們才開始感到難爲情，才意識到自己曾那樣的狼吞虎嚥。他們你看看我，我看看你，用目光探詢對方自己的狼吞虎嚥有沒有得罪了他。但大家都曾狼吞虎嚥，所有的人，包括那些吞嚥有困難的人，他們吞得更厲害，因此他們此時正在諦聽自己的內臟，自己的肚子，諦聽是否吃得太多，會不會出問題，諦聽著、服藥、喝蘇打水。那些玩紙牌的人已經把點心包在餐巾裡，迫不及待地站起身，也許他們根本沒有意識到吃了東西，心思根本不在這上面，早就回到紙牌上了；上午輸了的渴望至少把錢贏回來，贏了的則微笑著，暗想自己會贏得更多。弗蘭欽看看錶，沒錯，一點半聽國際新聞……〈哈樂根的數百萬〉又開始了，小提琴的樂聲從牆上落下來塡滿大廳、走廊和幽徑，柔和、憂傷的曲調像噴灑的香水，悅人又無害。安養的老人們站了起來，一個接一個，有時幾十人同時起身，對食物的熱情消失了，現在吃飽了，幾十個安養的老人的假牙又跌落到鑲成星形的橡木地板上。凡是有假牙的，摘下假牙時總以爲沒人會看見，殊不知凡是自己有假牙的老人，個個都熟諳這動作，個個都爲有假牙而感到羞恥，摘下時便俯身，甚至假裝繫鞋帶，可幾乎個個都會手發抖，無法做到手指伸進嘴裡取出假牙放在手帕裡；手因害羞而顫抖，拿不住，假牙一聲響，落在光滑的地板上滑走了，直滑到輕蔑地看著他的同夥的腳旁，他們看著他怎樣俯下身，跪在地上去抓那個像嚇壞了的老鼠似地假牙……儘管每個安養的老人十分清楚幾乎大家都有假牙，儘管每個安養的老人都知道冰上曲棍球運動員，那些最著名的加拿大職業冰上曲棍球運動員，他們在比賽前把假牙放在玻璃杯裡，署名後，擱在小凳子上方專為著名職業運動員使用的架子上；他們有假牙並不感到羞恥，這是屬於他們這一行的。老年人卻為假牙感到羞恥，不好意思把假牙放進嘴裡，儘管人人都裝假牙，背過身去，偷偷地做，就像大小便似地躲到一旁，上廁所去……〈哈樂根的數百萬〉伴隨著、引領著安養的老人回臥室。天氣晴好的日子，他們或在走廊的小凳子上坐一會兒，或者散散步，小心地等待一下，看會不會出現這樣的情況：胃裡開始泛酸、吐酸水，生氣的膽囊拒絕處理過多的油脂、奶油和肥肉，十二指腸突然將胃裡的東西翻騰到喉嚨口，不幸的老人把貪婪吞下的東西嘔吐掉了……〈哈樂根的數百萬〉樂曲不停地、永遠地漠然迴旋，無動於衷地噴灑著它的香味，它的旋律、曲調是那樣的柔和、細膩，唯有豎起耳朵的人，唯有愛聽的人才聽，不願意聽〈哈樂根的數百萬〉的人得遠遠地離開有線擴音器，遠得直到聽不見，或者彷彿只在轉過腦袋去聽時才聽見……就像我，只在一些死氣沉沉的角落裡走動，只在這些地方的走廊和大廳裡站站和坐坐，〈哈樂根的數百萬〉在這裡落到地上便洩了氣。然而，有時我卻又渴望聽到它，渴望讓衆多小提琴合奏的〈哈樂根的數百萬〉淹沒自己。我在擴音器下面仰起臉，感人的、催人淚下的樂聲從上面噴灑下來，澆在我頭上；它是那樣的動人心弦，我不禁感傷地流下淚來……直到在這裡，直到這時，直到眼下，在〈哈樂根的數百萬〉的噴灑下，我才聽到廁所裡有人嘔吐。我離開樂聲仔細諦聽，我聽到了呻吟和嘔吐聲，我聽到了沖水聲，嘩嘩的水聲，旋轉著，停止不響了，所有半消化的午飯經由下水管道，一點不留地全部送進了陰溝，之後，將是再次眼巴巴地盼望著吃晚飯。直到有一天，吃第一口就確實知道已不能接受，什麼也嚥不下去了，他將緩慢地，但必然無疑地餓死，因爲病魔已勝券在握，正像希臘軍隊深知必將取勝一樣，正像波斯軍隊，眼睛裡已流露出將會失敗的神色。他們非常清楚地知道要失敗。這就跟我一樣，自以爲在這裡我是唯一頭腦清醒的人，清醒地觀察事物！我看到原來別人也在觀察、審視我。在這裡，大家每時每刻都會驚訝地發現，什麼地方有人在審視著什麼人，並且總在相互估量，看對方是否臉面黃了，是否瘦了。這裡的相互審視並無惡意，只是認爲仔細觀察別人，不停地觀察，早晚會從中看到自己，看到自己將會怎麼樣，自己摸摸臉上是否消瘦了。我看到那些患病老人目光中的猶豫，他們必須手裡拿著計時器走路。患糖尿病的人，當氣壓給他們插釘子時，他們的嘴裡就有釘子，走路跌跌撞撞，不得不坐下連忙把藥片塞進嘴巴。病人各有其類，同類病人總是老遠便會認出來，因此走在城裡，首次見面便會認出對方，對方也會從目光中領會是同樣的疾病把他們聯結在一起了……不過，我現在看到人各有自己的命運，我看到不僅那些處境不及我的，就連處境比我好的，她們都比我溫順，比我純樸，不炫耀自己。也許他們當中，個別老先生、老太太對養老院的瞭解比我多，但不在人前表露，不必以此炫耀，誇誇其談，更不必在目光中流露。在這方面，他們遠勝於我，我則是不斷地攪亂人們的寧靜和緩慢的死亡。排水管這時斷裂了，一端掛在釘子上，另一端則隨著一聲響，落下來，就這樣掛在府邸的牆面上，猶如一塊治喪的黑紗。庭院裡散步的老人們站住了，轉過身一動不動地站著；排水管扯下了擴音器，連支架也扯倒了，跌在地上的擴音器雖然壓在排水管下面，卻依舊輕輕地、溫和優美地播送著〈哈樂根的數百萬〉……正是這支樂曲，喚起我的憂傷，讓我回到歲月深處，想起我們從著名的啤酒廠搬到河邊小屋的情景。弗蘭欽坐在椅子上，身旁臥著老狗鮑拉，牠的旁邊是老貓采萊斯廷，這三個都嚇得不會走動了，尤其是鮑拉和老貓，每當我爲了請客收拾屋子，只要把椅子倒放在桌面上，牠們便會驚慌，倘若顯出一點搬家的跡象，牠們馬上會感冒、打噴嚏，看著我們，擔心我們會留下牠們不帶走。我一開始大掃除，弗蘭欽也會這樣。有一次，我過了四年開始粉刷房子，他便不回家、老貓不回家、老狗臥在窩裡抖得狗窩都挪了地方。現在搬家開始，工人們用帆布帶子和繩子抬出衣櫥、餐具櫃和大桌子，還戴著手套搬那些裝著器皿和破玩意兒的箱子和盒子，這些東西誰見了都覺得可怕。我曾經打算搬家時馬上把這些破爛東西統統處理掉，就像我死以後一切會被處理掉，就像我媽去世後我把她的東西處理掉一樣，不得不處理掉。弗蘭欽坐在那裡望著窗外的發酵車間，望著他心愛的啤酒廠，那高高的煙囪。狗和貓臥在他身旁，牠們相互偎依以增加一點勇氣，因爲這樣的情況牠們還從未經歷過，現在牠們已確實知道啤酒廠的生活結束了。我每次走過他們身邊就撫摩一下弗蘭欽，撫摩一下鮑拉和采萊斯廷，安慰他們……別怕！就這樣一間一間屋子，一塊一塊地方，我們把東西搬走。弗蘭欽和兩隻寵物坐在那裡堅持了兩天，看著周圍的物品一件件搬出去，那些傢俱，弗蘭欽喜歡的傢俱，黃金舊時代的象徵，這舊時代已經一去不復返了。最後，東西搬完，只剩下空屋子，走在這裡的腳步聲更增強了空蕩蕩的感覺，像教堂的鐘聲。我看到啤酒廠的職工們和他們的妻子、孩子都跑來看我們搬家，有些人甚至大老遠坐車來，從小城來，來這裡看我們的報應，這些人以爲這情況將一直持續到退休。現在傢俱一件又一件搬上卡車，我看到當卡車裝不下時，所有那些巴望我們有此命運的人都哈哈地笑。從前布傑茨科的安卡曾大罵我們，但這些人不，這些人衝進空空的過道，坐在斜度不大的鐵皮屋頂上，就這麼坐著，幾乎坐滿一屋頂，叫嚷著，擠不下的就坐在屋簷上，兩腿越過排水管垂下來踢蹬著，嘻嘻哈哈樂得都咳嗽起來。還有一些人，爲了要看這個他們期待已久的場面，乾脆爬上啤酒廠的煙囪，站在螞蟥釘上。空卡車的四周圍了那麼多人，活像遇到發大水。後來，時間到了，我領著弗蘭欽出來，要他坐在卡車的椅子上。然後，我把老狗鮑拉領到卡車那裡，牠只跳得起兩條前腿，我不得不幫牠上卡車。我再次回到空蕩蕩的寓所，老貓采萊斯廷已經嚇癱了，我抱起牠來，牠渾身濕淋淋的像一條濕毛巾，汗出得起了泡沫。牠緊緊地貼著我，怦怦的心跳猶如打開了一部機器。就這樣，我懷裡抱著貓，昂起頭叉開兩腿站在卡車上，我們在人群中，在幾百雙微笑著的好奇目光的注視下離去。我看到所有這些人都巴不得我有這一天，他們慶幸舊時代結束了，今天這個場面對他們來說，將久久成爲他們見過的最美好的一幕。卡車開到轉角處我跪下了，我們就這樣離開了啤酒廠。我舉目望了一下，我看到我們在啤酒廠度過的全部生活，那麼清晰，幾分鐘內四分之一世紀的生活在我眼前閃現，彷彿我快要淹死了，像面臨死亡的人看到了過去。回首前塵，使我的心抽搐。我過去的生活實際上有什麼目的呢？有線廣播始終靜靜地編織著花邊似地〈哈樂根的數百萬〉。舊時代的見證人科希內克先生看著我，見我沉浸在往事的回憶中，便輕輕地拍一下我的手背，向我詳細描述很久以前，他在很遠的地方目睹的一件事……那是聖誕節的晚上，天寒地凍……鍋爐房幾次來人說，司爐工菲亞拉該去上班了……他的太太……一個有十六歲女兒的義大利美人，說他不在家，不知道去哪裡了……那天下午在斯特拉夫，有一個人在泥煤場附近……忽然像是看到……有什麼人躺在一棵大樹旁……他過去一看原來是個老先生，身旁淨是血……他跑去叫人來救……人們來到，發現死者割了手腕和脖子。血已不再流，傷口凝結了……屍體已經僵硬……身旁是一把剃刀和一張字條……他是自殺的，再也忍受不下去了……他寫了火車機車頭的糟糕狀況……煤糟透了……他是火車司爐工，總是疲勞不堪……那年頭，在鐵路上走一趟就是上百公里……要壓火四次……家裡沒有一刻安寧……妻子不滿意，責怪他，可是他有什麼辦法……村長和員警找人把自殺者放上車，送到科斯托姆拉代墓地的停屍間……這時，司爐房收到一封科斯托姆拉代發來的電報，說司爐工菲亞拉已身亡，現停放在科斯托姆拉代……下午，約莫四點鐘，格隆朵拉德醫生坐了一輛馬車來看病人……他順便到停屍間看看也是理所當然的……格隆朵拉德醫生經過仔細檢查發現……自殺者還活著……醫生替他包紮了傷口，送進醫院……那是聖誕夜……你知道，在舊時代這類司爐工都瞭解此地煤的種類。客運的機車頭，兩節的德國貨，爐箅是斜的，爐膛裡通風良好。用的煤除了褐煤之外還有黑煤。客運的機車頭有時只用黑煤，來自不同的礦井，沃爾敦堡礦井的煤經不起鉤，它會黏結成塊，特別是火旺的時候。紐洛德礦井的煤結成堆，火車行駛的時候可以鉤。此外的產煤地還有霍爾諾斯、戈敦斯堡、克拉敦、羅希茨，著名的地區有傑欽[18]、卡爾第夫斯基，直至英格蘭……

18 傑欽（Děčín），捷克北部城市。

10

〈哈樂根的數百萬〉成爲養老院不停播放的代表歌曲，這也許與養老院的駐診醫生有關係。駐診醫生年事已高，可能八十歲了，也是個舊時代的崇拜者。他喜歡〈哈樂根的數百萬〉，對他來說，這曲子是一種治療，當他在診療室幫安養的老人檢查身體時，常常陷入夢境，不再檢查，甚至把聽診器按在我背上檢查我的心臟。〈哈樂根的數百萬〉使他如此入迷。當他把聽診器的小管子放進耳朵時，他竟莫名其妙地說……喂，我是賽茨基醫生，你是誰？這位醫生不僅本人也早已在領養老金，而且據說病多得相當於養老院全部病患的總和。他對自己的病束手無策，於是年年都去礦泉療養地。接替他的是年輕醫生霍婁貝克。這位醫生長著一頭鬈髮，模樣很像亞歷山大大帝，於是養老院裡的多數老婦都愛上了他，這是顯而易見的。她們穿上最漂亮的衣服，每天都盼望見到醫生先生。那期間，她們進城燙了頭髮，塗脂抹粉，裝模作樣地坐在板凳和椅子上，甚至那些走路困難的，在霍婁貝克醫生面前也竭力走得像健康人一樣。至於老先生們對霍婁貝克醫生有好感，是因爲他不問病而是問誰抽多少菸，喝多少酒。當安養的老人老實告訴他說抽二十支香菸時，醫生先生便熱情地說自己抽三十支，但他奉勸這位老人減爲抽十五支……老人聽了高興地離去，美滋滋地抽菸，滿口讚揚這位好醫生。對於嗜酒的老人來說，霍婁貝克醫生喚起的熱情，則是再高不過了。這號人物一走進診療室，醫生馬上就會認出來，搶先說您喝六大杯啤酒！安養的老人說他喝七大杯。霍婁貝克醫生喊叫說：「太少啦，您把啤酒減到五大杯，但另加兩杯純燒酒，最好是俄國伏特加，如果手上錢不多，就喝漢諾威[19]精釀酒，不過我勸您喝普羅斯捷約夫[20]的甜燒酒，因爲我每天喝半公升這種酒，不過，」霍婁貝克醫生勸說道：「最有利於健康的是早上吃酸黃瓜蘸朗姆酒當早餐。」他還常說健康或患病在基因裡就決定了，在娘胎裡就決定了。因此一個人活多長時間，與吸菸喝酒沒有關係，一個人的基因規定他活四十歲，那麼哪怕他不

19 漢諾威（Hannover），德國中部城市。
20 普羅斯捷約夫（Prostějov），捷克中部城市。

喝酒、不抽菸，到時候也活不了。一個人命中註定活七十八歲，那麼他只要有錢，就可以盡情地抽菸喝酒。老醫生抽菸抽得那麼厲害，從沒有人見他手上不拿著點燃的香菸，即使開處方，他也照樣抽菸，香菸叼在右嘴角，熏得他右邊的眼鏡片都成了棕色的。他甚至沒有菸盒，從皮包裡取香菸，皮包是他的香菸店。人家說他那麼愛抽菸，把鬧鐘定到凌晨四點，到時候他點上菸，一根接一根地抽，從來不咳嗽；他都快八十歲了，還那麼健朗，頭髮染成深棕色。在診療室裡，他總是點燃兩支菸，一支夾在手指間，另一支放在他去取藥的金屬玻璃櫃那裡。所以在老醫生去馬利安斯基礦泉療養地休養期間，霍婁貝克醫生讓養老院的全體成員都鼓起了生活的勇氣，一眼便可以看出，連那些老先生走路都流露出愉悅的神情。他們買了酒，一大早就喝起來，整個府邸都充滿普羅斯捷約夫甜燒酒的悅人香味，茴香酒的悅人香味。婦女們從一大早就往臉上抹名貴的面霜，撲香粉，甚至穿上帶香味的晚上穿的內衣，弄得所有的走廊都瀰漫著一股香水和化妝品的香味，整個府邸好似劇院的化粧室。每位老人都盼望能有幸見到霍婁貝克醫生，向他致謝，向他致敬，因爲老醫生雖然自己吸菸，但他不能容忍安養的老人在走廊上吸菸；老醫生雖然喝酒，但聞到某個男人有啤酒或燒酒味，他就叫嚷，並且說要馬上打發此人回他原來的地方去，作爲懲罰送他回家……霍婁貝克醫生還有一個強烈的愛好，他熱愛嚴肅音樂，他愛音樂愛到必須談論音樂之美，與人共享音樂。有一天晚上，他把所有崇拜音樂的人召集到食堂，搬來一部留聲機，激動地說：「朋友們，爲了帶你們走進聲音的天堂，請允許我讓克勞迪奧．阿勞[21]爲你們演奏李斯特的〈愛之歌〉，歌詞作者爲詩人弗賴利格拉德。」他把留聲機的唱針放到唱盤上，克勞迪奧．阿勞開始演奏這首〈愛之歌〉，憂傷的歌曲，阿勞的每個手指彈在琴鍵上都那麼強勁有力。霍婁貝克醫生低聲朗誦：「啊，愛情，啊，愛情，你怎麼還能久久呼喚，你還要呼喚多久，時間來到，來到，你從墳墓中站起，哀訴……」大部分的老婦都感動得輕聲哼起這支歌來，輕聲哼唱匯成一片，哀怨之情越發濃重，連我也被深深地感動了，因爲大部分老年婦女都跟我一樣，最後的願望將是唯願〈愛之歌〉是最後一首歌，是棺材放進墓穴或軀體緩緩推進火化爐時聽到的一首歌……伯爵府大廳裡，此刻轟響著克勞迪奧．阿勞手指下的琴聲和老婦以及一些老先生們哼唱的〈愛之歌〉，猶如教堂裡的讚美詩，一瞬間又成了最後一首

---

21 克勞迪奧．阿勞（Claudio Arrau,1903~1991），智利鋼琴家，是二十世紀貝多芬、舒曼、蕭邦、布拉姆斯和李斯特音樂的最重要的演奏家之一。

彌撒曲，接著，彌撒曲轉而成爲樂音的瀑布，清脆的鋼琴聲又蓋過了它，猶如春天的冰雹落在鐵皮屋頂上，隨後，再次轉爲緩慢的歌曲……霍婁貝克醫生朗誦了最後的詩句，那是詩人在李斯特樂聲的鼓舞下寫成的……「小心守住自己的舌頭，因爲它隨時會出言不遜，令他人不快，有所埋怨，」奧托卡爾．里克爾先生輕聲對我敘述：「巴拉茨基大街一一五號的肉鋪老闆安托寧．胡內克先生以他的肚子和凱撒鼻子聞名遐邇，街對面五十一號麵包師傅安托寧．史托爾巴的肚子不比他小多少，人們常見他渾身麵粉地站在鋪子門口抽菸。史托爾巴之前住在那裡的是教堂看管人、細木匠伐姆倍拉。此人引以爲自豪的是他養了一隻椋鳥，他教會這隻鳥把帶紋盤的玻璃小水杯拉進鳥籠。在巴拉茨基大街，弗塔瓦巴拉茨的女婿杜薩羅夫開了間商店，店門上方掛著兩個半圓的檸檬，中間稀稀拉拉地夾雜著月桂小葉子、乾癟的橘子、羅望子、黃色的不同形狀的糖人兒、正面撒糖的小麵包圈、粉紅色和白色的小點心、棍子糖和棒棒糖。緊靠著店門的是一桶鹹鯡魚，櫃檯上放著一小桶俄國沙丁魚或者俄國洋蔥……」霍婁貝克醫生這時拿起另一張唱片，說：「現在請允許我放一段音樂詩給你們聽；茲丹涅克．菲比赫[22]作曲，捷克交響樂團演奏，紐曼先生親自指揮，詩名〈黃昏曲〉。這是一首不朽的、感動全世界的愛情頌歌，人們通常管它叫〈詩〉。」安養的老人們的眼睛潤濕了，個個心潮起伏，無比激動。醫生把唱針放到唱片上，不料交響樂團演奏的卻是描繪年輕的菲比赫踏著臺階走進斯胡爾茲家的那一段。醫生抬起唱針再放下，然後坐在伯爵椅上，交響樂團奏了幾聲和弦之後，靜靜地停了停，當愛情之歌響起時，老婦們開始隨著音樂輕輕地哼。樂隊指揮紐曼先生顯然在年輕菲比赫身上傾注了自己的感情，向斯胡爾佐娃小姐訴說愛戀之情。老太太和老先生們情不自禁地隨著音樂由衷哼起〈詩〉這首曲子，因爲他們幾乎人人都在遺囑裡寫著，希望在葬禮開始前用唱片放送或用手風琴演奏這支愛情之歌。舊時代的見證人卡萊爾・費波內先生對我輕聲敘述：「咱們小城的另一個人物是裴比克・潑希克里爾，人家管他叫流動美食店。他學校畢業後學會了當侍者，但這個行業他只偶爾從事，他的生活全靠晚上到各個餐館去兜售產品。他矮個子，胖胖的，有個著名的大肚皮。他把一個老大的籮筐擱在肚子上，用帆布帶掛在脖子上，籮筐裡有油漬魚、小鯷魚乾、蔥頭、俄國沙丁魚、醃菜花、胡椒和其他調味品。」交響詩〈黃昏曲〉快要結束，

22 茲丹涅克・菲比赫（Zdenek Fibich,1850~1900），捷克作曲家。

全體老婦，包括我在內，都成了年輕作曲家菲比赫向她獻上愛情的阿奈什卡·斯胡爾佐娃……舊時代的見證人伐茨拉夫·科希內克先生受到啓迪，他熟諳地描述道：「一八九〇年八月二十六日星期一晚上至星期二晚上，在我們這時間停止了的小城，居民被龍騎兵軍官的大聲叫嚷和憤怒行動驚擾了，這支將轉移維也納的龍騎兵正在告別小城，軍官們準備了小花環，在一片夾雜著狗吠熊叫的歡鬧聲中與居民話別。一八九三年七月三日，市委員會和鎮代表研究龍騎兵軍官斯洪博恩伯爵事件。這位軍官午夜時分在居住廣場的格隆朵拉德醫生家三樓，向街上的三個人開槍，據說是因爲這三人對著彈鋼琴的窗口叫嚷並扔石頭。軍官把捷克文寫的法院判決書退回，說他看不懂。」伐茨拉夫·科希內克先生輕聲敘述。霍婁貝克醫生換一張唱片，並且拿起留聲機的音響筒換了一支唱針，他激動地說：「現在，請聽海伯特·馮·卡拉揚[23]和他的樂隊演奏的〈牧神午後〉。仙女的愛使牧神癱軟無力，愛情的甘露淋灑在他身上，他躺在海邊閉目回憶那幸福時光，她已離去，他躺在陽光中，後來，他坐起用長笛吹了一支憂傷的樂曲訴說衷情，歡樂的相識、初戀、激浪拍岸、充滿喜悅的歡叫、做愛和仙女離去後的疲勞，置身大自然、陽光、大海、空氣和大地。」伐茨拉夫·科希內克先生趁此機會輕聲講道：「一八八七年八月九日夜裡，威頓人科爾勃中尉在廣場寓所的窗口用左輪槍朝弗朗基謝克．依拉克開槍，因爲依拉克和幾個公民認爲男爵僕人說男爵不幹這樣的事時，口氣驕狂、霸道。不過，依拉克並未受傷，子彈打高了，高出他的腦袋一公尺，它撞在公爵旅館的牆上，彈回來鑽入廣場的地面。工人克婁巴將找到的子彈送到總督那裡去申訴。」海伯特．馮．卡拉揚指揮的〈牧神午後〉開始了，這首音樂詩確實充滿了愛情的憂傷曲調，霍婁貝克醫生臉埋在手掌裡，感受愛情的哀怨，一頭鬈髮披垂下來蓋住了他的手指。老婦們充滿同情地注視著這高貴的腦袋，火熱的眼睛閃著淚光，也許她們第一次想到自己可以是仙女，也許她們生平第一次爲失去的青春感到悲哀，她們渴望自己年輕性感，讓霍婁貝克醫生愛她像牧神那樣，用長笛吹一支憂傷的〈潘笛〉[24]曲。連我也不禁心情激動，沉浸在牧神甜蜜的憂愁之中。牧神肯定已不年輕，我甚至覺得克勞德．德布西在寫這支樂曲時有切身體會。他已年老，追求幸福的種種奇想都已離他遠去，仙女可

23 海伯特．馮．卡拉揚（Herbert von Karajan,1908~1989），奧地利指揮家，二十世紀最傑出的指揮家之一。
24 法國現代作曲家德布西所作的長笛獨奏曲。〈牧神午後〉也是德布西的作品。

能是他愛戀的最後一個女人，他已沒有希望再有誰會像這個離去的女人那樣愛他，因而他哀傷哭訴……我看到安養院的老婦們也都有所觸動，音樂在訴說，訴說歲月深處她們的愛情，她們最後一次的傾心相許。我發現〈牧神午後〉遠比〈哈樂根的數百萬〉動人心弦，老婦們希望一遍又一遍地反覆聽，聽海伯特．馮．卡拉揚指揮的交響樂隊伴奏的憂傷的長笛曲。這樂曲讓霍妻貝克醫生感動得將臉埋在手掌裡，鬈髮在他的手指上顫動，彷彿哭了……伐茨拉夫．科希內克先生輕聲敘述：「一八八七年七月，五個孩子的父親、三十七歲的臨時工弗朗基謝克．施傑爾巴，被十四名成員的參議院判處三個月零一星期的嚴厲監禁，因爲他威脅了奉命通知他搬出鄉鎮所屬住房的市監察員摩斯貝克。施傑爾巴不服，爭辯說他是鄉里人，鄉鎮有責任給他安排住處。他不搬，人家於是拆了他的房門、窗戶和煙囪，他氣得威脅說要殺了摩斯貝克，讓摩斯貝克不得好死，罵他是壞蛋、惡棍。在法庭上，施傑爾巴說這是出於絕望，在暴風雨和隆隆雷聲中他家沒有窗戶和房門，他有未成年的孩子。」〈牧神午後〉曲終，霍妻貝克醫生關了唱機，樂曲讓他深受感動，他站在那裡，茫然環視四周，安養院的老婦們目不轉睛地注視著他。沒錯，我看出來了，醫生先生是牧神，所有的婦女都成了仙女，至少在這一刻，在美妙的和聲中是這樣。我暗自希望，我想所有安養院的老婦一定跟我一樣，都希望醫生先生永遠和我們在一起，讓我們每個星期都領受嚴肅音樂的教育。大廳的天花板上，巨幅壁畫上畫的是亞歷山大大帝在戰役中，霍婁貝克醫生先生的模樣與這位大帝多麼相像啊！他揮去淚水，舉起雙手投降似地說：「現在讓我們來聽海伯特．馮．卡拉揚演奏的李斯特的〈序曲〉，對於這支樂曲我用不著解釋，看得出來，嚴肅音樂撼動你們的心靈，我只想說一句，〈序曲〉表現和回答的問題是……什麼是人生？」說罷，他打開唱機，然後兩臂一抱，在大廳中央白色伯爵椅上坐下來，一條腿搭在另一條腿的膝蓋上，手掌托著下巴聆聽著。就這樣透過他，透過他的形象，〈序曲〉的前奏讓伯爵大廳裡所有的婦女顯得生氣勃勃。這情景不免讓男人們迷惑不解，他們感到遺憾，不如去看電視，或者進城喝啤酒。倘若引領大家步入音樂殿堂的不是霍婁貝克醫生，而是一位年輕女醫生的話，也許他們就會像安養院的老婦被醫生吸引一樣，被深深迷住……李斯特的這首交響詩確實異常強烈地表明，在這個世界上，生命唯有藉由熱烈的愛情，男性對女性、對年輕女人傾注的全部的愛情，這生命才是圓滿美麗的，正像府邸花園裡那些年輕月份的雕像一樣。交響樂團在演奏，曲調憂傷，思念之情越來越強烈，心潮滾滾，樂聲朝著李斯特決心表明的論點升高，最終勝利地充分表明沒有愛情，沒有偉大的愛情，就無法生活……表明爲這樣的愛情需要戰鬥。樂隊現在響起了嘹亮的長號、小號和鼓聲，婦女們坐在椅子上，頭往後仰得像沒有腦袋似地，她們在看天花板上希臘軍隊和波斯軍隊交戰的畫面，戰場中心是衝鋒陷陣的亞歷山大大帝，他長髮飄拂，手臂揮舞，天花板上彷彿有長矛交鋒、武器相擊的劈啪聲，猶如府邸林蔭道上老栗樹的樹枝斷裂的聲音……這時，安養院的老先生們紛紛把手湊到嘴邊，吹喇叭似地跟著海伯特．馮．卡拉揚指揮的樂隊吹起來，他們吹起來，他們熟悉〈序曲〉中的這一段，他們吹著，吹出的聲音不僅灌滿大廳，也響徹整個府邸。我回想起在保護國時期，這喇叭聲和〈序曲〉的這一段是新聞廣播的前奏曲，這個節目帶來戰場消息：德國打敗了法國和波蘭。正因如此，男人們，當時尚年輕的安養院的老先生們肯定記憶猶新。霍婁貝克醫生站起身環顧四周，不明白是怎麼一回事。他肯定不記得每次Wehrmachtbericht[25]開始時的這首前奏曲。大廳的門猛地飛開，佩奇爾的德國女人跑了進來，樂聲已經平靜下來，疲憊、和緩的音調只是裝作平靜，以便長號和小號再度吹響。佩奇爾的德國女人站在那裡，兩眼亮閃閃的，背上的背包裡放著她最值錢的東西。她把身分證拿給霍婁貝克醫生看，喊道：「我軍又占領蘇臺德啦，正在開進解放了的佩奇爾，我申請出去！」霍婁貝克醫生站在那裡，不知該對這位老太太說什麼，她的眼睛在長號、鼓聲、喇叭聲和整個交響樂隊的樂聲中繼續閃著光芒，可是後來，嘹亮的勝利喇叭聲消失了，曲調又轉而成爲緩慢、溫和、衰微，輕聲回答那個問題：什麼是人生？最後的音調充滿了和解，充滿了贏得的愛……因此尾聲的音調與序曲是一致的，只是具有了更高的含義……佩奇爾的德國女人一下子變得神色沮喪，拿著身分證的手疲軟地垂下了，她轉身失望地離開大廳，回屋去把她最貴重的東西放回衣櫃和床頭櫃……大廳裡，所有的眼睛都睜得大大的，老先生們眼睛一眨不眨地凝視著樂曲的中心問題，各自回答……什麼是人生？就連那個佩奇爾的老婦，就連 Wehrmachtbericht 戰時每週新聞廣播的前奏曲也說明了音樂的力量，一下子說明得比預期的還多……霍婁貝克醫生取出另一張唱片，說：「朋友們，剛才的音樂讓我們聚集在一起了，從今晚起，我們更加親近了。現在讓我們來欣賞布拉姆斯的小提琴協奏曲第七十七號，先由庫倫坎普夫[26]演奏，其後是我國的瓦沙·潑希霍達……」他打開唱機，然後一屁股坐在椅子上，安養院的老婦們則像伯爵夫人似地聆聽小提琴協奏曲，庫倫坎普夫演奏的小提琴協奏曲。他用小提琴那根纖細的線繡花，繡出憂傷的裝飾花紋。舊時

25 德文，意為軍情消息。

26 庫倫坎普夫（Georg Kulenkampff），德國小提琴家，以獨奏著名。

代的見證人卡萊爾·費波內先生想要說什麼，但科希內克先生豎起一根手指按在嘴巴上，一心聆聽小提琴訴說哀怨。三個玩紙牌的人踮著腳尖走進來，手裡的紙牌還像扇子似地拿著，他們坐下來聆聽小提琴協奏曲。庫倫坎普夫已經拉完他那部分，現在是瓦沙·潑希霍達在演奏同是布拉姆斯的第七十七號作品，但又完全不同的協奏曲。我聆聽著，知道瓦沙·潑希霍達確實抓住了所有聽衆，使他們情不自禁地哀歎。我突然想起多年以前，我看到他在小城的音樂會上，在鋼琴伴奏下表演，那時候他頭髮不多，但神采奕奕，很漂亮。那時候他顯得矮小，有點胖，但這卻讓他的形象與小提琴融爲一體了。那天，他演奏時閉著眼睛，好讓修長的內心感受，透過手指傳到小提琴的琴弓和琴弦上，最終送進深受感動的聽衆的耳朵。那一次，我不僅深深領略了美，而且感到一種崇高的震撼和歡樂，體驗了小提琴的美帶給人怎樣的感受。現在，在這養老院裡，瓦沙·潑希霍達讓聽衆們感動得流淚、啜泣。霍婁貝克醫生覺得受不了，他站起身，白袍穿在身上太緊了，他抓住脖子，好像有什麼東西勒他的喉嚨，什麼東西卡在那裡，他這樣站著有一會兒工夫，吃驚的老婦們也跟著站起來，舉起手。醫生踉踉蹌蹌跑到窗口，拉開尼龍窗簾想打開窗戶，可是他纏在窗簾裡了，越纏越緊。瓦沙·潑希霍達演奏完了，樂隊以氣勢恢宏的交響樂，強有力地重複了小提琴的樂章，霍婁貝克醫生想兩手分開窗簾摸到窗把，可是窗簾鬆不開，於是，他以樂隊指揮的手勢猛一下把窗簾連同掛窗簾的橫棍一起拉下來，現在窗戶毫無阻礙地打開了，醫生先生可以盡情地呼吸了。婦女們此時也學醫生那樣，打開另外三扇窗戶，痛飲清涼的空氣。不料，正當她們探身窗外時，霍婁貝克醫生卻跑到大廳中央，瓦沙．潑希霍達的琴弓又落到了琴弦上，演奏下一個樂章。這一樂章超出霍婁貝克醫生的預期，表現的是一種破壞的喜悅……安養院的老婦們團團圍住醫生先生，只見他在一陣衝動中揪下一撮頭髮，接著舉起一把漂亮的白色伯爵椅，狠狠地摔在地毯上，摔斷了椅腿。我看到幾個婦女也揪下一團染色的頭髮朝窗口的穿堂風扔去，接著使勁砸毀白色的伯爵椅。木頭開裂，椅子倒地，可是瓦沙．潑希霍達卻柔情綿綿、夢幻似地繼續演奏著細膩的、既甜蜜又憂傷的愛情之歌，樂聲彷彿從很遠的地方傳來，這使霍婁貝克醫生感到受不了，他舉起雙手甩著，彷彿被想像的熱情陶醉了……他開始奔跑，哀號著跑到走廊上，跑下臺階，安養院的全體老婦跟在他後面，有幾個在轉角處摔倒了，有幾個不再站起來卻爬下樓去，爬進霍婁貝克醫生跑過去的前廳。我跟在婦女們的背後跑，我並不是想知道醫生先生要做什麼，而是想看一看我從來不相信有可能發生的事情。可是白袍又從院子裡跑回來了，霍婁貝克醫生又跑上樓去。他一步跨兩三級樓梯，避開躺在地上的老婦，婦女們與他一起跑，她們已經跑得披頭散髮，丟失了錢包、小帽，眼裡卻洋溢著熱情，跟在醫生先生的背後拚命地跑。醫生先生這會兒又回到大廳中央，張開兩手甩著，凝神聆聽小提琴協奏曲。他聽得如此入神，竟然出乎所有安養院老先生們的意料之外，抓起一把砸壞的白色椅子，從敞開的窗戶扔出去。我看到砸壞的椅腿在窗外烏黑的背景中略微停頓，然後落到庭院的沙地上，婦女們馬上搶著把其餘的椅子也都扔出窗外。安養院的老先生們看著這些婦女，覺得不可思議，舊時代的幾位見證人則搖搖頭，低聲耳語，玩紙牌的那幾個站起身，做個有力的譴責手勢，走出大廳繼續玩牌去了。霍婁貝克醫生走到留聲機前默默地聽著，聽瓦沙．潑希霍達，突然他大叫一聲，彷彿瓦沙．潑希霍達的琴弓刺進大廳，直伸到醫生先生的面前，要把他的眼睛摳出來似地，因爲霍婁貝克醫生兩手捂著臉，又從大廳跑出去了，安養院的老婦們跟在他背後。他跑著，磕磕絆絆地跳過躺在地上的老婦的身體，跑到庭院，穿過花園，跳過小凳子，撞倒了它們。安養院的老婦們跟在他背後，直跑到草坪的池塘那裡。在池塘旁邊，他站住了，老婦們跟來，注視著他的臉，交響樂隊強有力的樂聲透過伯爵大廳的窗戶傳來……醫生先生跨進水淺的池塘，走到齊膝深的地方，老婦們跟著他走進水裡；霍婁貝克醫生俯身捧起滿滿一手掌清涼的水洗臉，老婦們也俯身捧起水，捂著塗了脂粉的臉……醫生先生彷彿醒過來，他蹚著水走出池塘，緩慢地，極其緩慢地回到庭院，那裡在草地上有幾小堆乾草，霍妻貝克醫生忽然莫名其妙地開始繞著乾草堆，手舞足蹈地跳起舞來。他抱起一大把乾草，按照他那雙濕鞋跳出的節奏揮舞乾草，安養院的老婦們也一面跳舞，一面一把一把地揮舞乾草。醫生先生像牧神似地跳舞，敞開的窗戶繼續傳來瓦沙．潑希霍達的小提琴協奏曲，醫生先生放慢了舞步，被扔出的白色椅子的斷腿閃著光亮，老婦們學著醫生的樣子跳舞，踏著伯爵椅斷腿的節奏，在放慢的酒神宴中舞蹈。領養老金的仙女們在跳舞，像舊時代時一樣，熱情洋溢。那時候一切美好的、粗獷的東西唯有美好的年輕人、神、半神，才能享受，他們在雨中脫衣，在細雨濛濛中做愛，懷孕生下漂亮的世俗的人。後來，月亮出來了，霍妻貝克醫生躺在乾草上，凝視著天空，明亮的月光使高大的橡樹林和山岡後面青灰色的軍營顯得格外昏暗，霓虹燈和電燈嗡嗡作響，映得天空又綠又紅，庭院裡，安樂椅和伯爵椅的斷腿閃著白光。透過大廳敞開的窗戶，瓦沙．潑希霍達繼續用他的小提琴訴說著不幸的幸福愛情，這時，所有安養院的老婦們都明白了，一星期來她們塗脂抹粉、灑香水、進城去燙頭髮，這一切實際上並非爲漂亮的霍妻貝克醫生，而僅僅是爲了現在這一刻。現在她們明白了，人世間唯一有價值的是愛情，不幸的愛情；對每個年輕女人來說，這是她的一切，這位作曲家經歷了並寫下自己的愛情故事，這愛情早已過去，它發生在當年他還年輕的時候，但樂曲卻直到他已年老時才寫得出來，直到他明白他已年老，回憶中的愛情比愛情本身更爲熱烈……因此，他的愛情傾訴，回憶遙遠過去的愛情，這感情就格外的動人心弦。小提琴協奏曲使安養院的老婦們嚴肅起來，變得文靜了，樂曲繼續從敞開的窗戶傳出來，強大的樂隊又讓瓦沙．潑希霍達暫時休息，接過他的曲調演奏。這音樂彷彿是從整個府邸發出來的，從地下室一層一層響到頂樓，響到頂樓以上，投入大樹的樹冠，然後，戛然而止。瓦沙．潑希霍達的小提琴獨奏又開始了，它發自肺腑地向聽衆訴說布拉姆斯的心聲：人世間最美最本質的東西，是美好的、不再重複的不幸愛情。我則再次去看了府邸花園裡的雕像，在蒼白燈光中，我從一尊年輕月份的雕像看到另一尊，耳朵聽著瓦沙．潑希霍達的樂曲，我突然看到了以前未曾看到的一點：所有這些年輕女人的雕像都飽含著憂傷，事實上小提琴正是透過雕像，訴說愛情的憂傷和幸福，這愛情使砂岩雕像微微顫抖，這愛情同時也使她們害怕……協奏曲演完了，四周一片寂靜。霍婁貝克醫生的白袍在草坪上閃光，他的旁邊仰天躺著安養院的老婦們，音樂的魔力漸漸消退，洞開的窗戶和白色伯爵椅的斷腿的閃光猶如不滿的譴責。霍婁貝克醫生坐起來，看一下周圍，大概吃了一驚，手指梳著頭髮站起身，滴答滴答離開了，一路留下水淋淋的濕腳印。老婦們彷彿醒過來，站起身，無法相信自己遇到的這份幸運，於是一個接一個走進走廊，站在霍婁貝克醫生的門前，耳朵貼在門上諦聽，然後用濕濘的指關節輕叩房門，但室內鴉雀無聲……第二天，木工修理、黏貼六把伯爵椅的斷腿，霍婁貝克醫生又建議繼續播放〈哈樂根的數百萬〉，他不再要嚴肅音樂，而是向藥房要了安眠藥；他不再勸安養院的老先生們喝俄國伏特加，或普羅斯捷約夫甜燒酒。每個人睡覺前都在自己那層樓的桌子上看到了彩色飲料，棕色的、藍色的、綠色的和紅色的，黃色的和紫羅蘭色的，摻和著溴，沒有酒精，每個小玻璃杯上都寫著安養的老人的名字，每人在入睡前喝掉自己的那份飲料，做夢也想著這嚴肅音樂之夜有多美。這個晚上，沒有人能入睡，護士小姐們的白袍穿來越去，忙著打鎮定劑，送安眠藥，但全然無效，因爲安養院所有的老婦們都被小提琴協奏曲，先由庫倫坎普夫，後由我國瓦沙．潑希霍達演奏的小提琴協奏曲弄得如此激動……

11

那天下午，天氣非常好，四個玩紙牌的人把小桌子搬到陽臺上，輪流玩牌——總是三個人玩，一個等著下一盤輪到他。他們把紙牌撚開像扇子似地拿在手裡，喜悅地微笑著，或者看著不中意的牌皺眉頭。當輪到教導主任波爾曼先生出局時，我請教他：「請問啦，天啊，這玩意兒究竟有什麼魅力，讓你們這樣快活或者垂頭喪氣？」教導主任波爾曼先生曾撰寫一本瑪儷阿什紙牌指南，他出神地看著我，臉上滿是細小的皺紋，但一雙藍眼睛奕奕有神。他把紙牌反放在桌上，說：「既然妳問這個……瑪儷阿什這個名稱來自 marriag 一詞，因爲可憐的國王們和美麗的王后們不斷地舉行婚禮和建立婚姻關係。他們結婚得二十分，他們的關係如果預先喊作王牌的話，得四十分。表面上看，最大的牌是老 A 和10，當然這種牌最大的魅力在於普通的7、8、9，一個普通的無足輕重的小卒，卻有可能一步步做到迫使10跟著出同花牌，使他的助手被老 A 殺掉，或者被孤單的小王牌殺掉。王后和國王的婚姻多麼民主啊！普通的、毫不重要的小牌，藉由王牌的強大力量，不僅殺死了國王，而且誘出了老A。對於那個一開始就宣布他的最後一招將是7的玩牌者來說，他為這民主精神感到多麼驕傲啊！當玩牌者在喊牌時喊兩個7，最後一個7取得勝利時，玩牌者的感覺有多麼豪邁啊！」教導主任波爾曼先生喊道，他的朋友們看著他，顯然他們從未見他講牌講得這樣動人。〈哈樂根的數百萬〉鮮花似地一串串落到小桌子上，有線廣播的擴音器正掛在玩牌人腦袋上方的架子上，教導主任波爾曼先生伸個懶腰，閉著眼睛接著說：「每局牌開始時，都有美妙的神祕莫測的底牌。十三號房間似地兩張牌，面朝下放在桌子上。打這兩張牌的人是要另兩位牌友根據自己手中的牌，決定打乞丐還是通過……這樣的乞丐感覺多了不起啊！玩牌人高傲地預先就聲稱他會贏，他將不斷地輸，對手一墩又一墩地贏，可最後，這一墩墩的牌卻全部輸給他了！乞丐到最後多麼興奮啊，因為打這牌的人有理由擔心對手的手裡有圈套，一張牌就能贏得一墩牌，從而使他輸掉，這有多險，是怎樣的生死攸關的抉擇啊！親愛的夫人，處身於這樣的境地多麼美妙，你唯有拚命取勝，取勝，再取勝，直至最後勝利，這是怎樣的自我崇拜！你不能依靠別人，只能依靠自己，依靠自己的一張牌去把一墩墩的牌拿過來！或者出另一花色的牌！當玩牌者以為勝券在握，地平線上只剩最後一墩牌，拿過來最後勝利就是他的了，只要一張不起眼的牌從手裡抽了出來，一張花色不對的牌打出去，一個小小的錯誤，看上去對取勝無礙，可是它畢竟存在，而每個錯誤，哪怕是最微小的錯誤，也會招來一敗塗地的懲罰，全部輸光……不過，親愛的夫人，我們玩瑪儷阿什牌如此入迷，是因為我們都是鰥夫，是沒有仙女的薩蹄爾，因此是沒有王后的國王，儘管在每一局牌中我們都慶祝婚禮，成為美麗王后的丈夫，猶如那些格外溫和的國王互相交換情人……啊，這樣的紙牌王后，不斷激發信賴的婦人，高貴端莊的王后，儘管面貌一般，顯得聰敏，她可是膽子大，善於冒險！啊，不妨說最親愛的演員王后！一個懷有強烈感情的懷舊貴婦，她的愛導致了災難，一個充滿情愛的王后。至於黑桃王后嘛，一位守衛著舊時代一切美好事物的王后，一位不斷轉到另外一條路上去，從而把你帶進危險暴力中去的夫人！我總是害怕紙牌中的王后，她是毀滅的化身，儘管她高貴且聰明，紙牌王后帶來噩耗，但她才華橫溢。」教導主任波爾曼先生說道。他的牌友們驚訝得目瞪口呆，他們大概像我一樣，從未想到瑪儷阿什竟是這樣美妙的遊戲，包含著迷人的情愛內容。教導主任拿起紙牌，叫了花色。「謝謝您。」我說罷便回到靠在欄杆上的朋友們身邊。舊時代的見證人接著說道：「那邊，伏克斯家旁邊有一棟房子，那裡住著大麥商溫參茲．沙弗拉奈克。他不識字，但出於對兒子和對國家的愛，他經常幫兒子買書。兒子去世後，他哭著對那些書籍說他的兒子死了。」「溫參茲．沙弗拉奈克先生如今在哪裡？」卡萊爾．費波內先生懷念地說：「理髮師和樂隊指揮瑪律利斯柯先生如今在哪裡？爲了追求巨大效果，他裝上煤氣照明，在櫥窗裡陳列了兩尊漂亮的半身女蠟像，髮式秀麗，個頭比眞人還大，安置在青枝翠葉和鮮花的中心。到了晚上，爲了獲得更大的效果，瑪律利斯柯先生安裝了四大盞照明燈，燈光熱度過高，一小時後，蠟像的鼻子和耳朵就消失了，整個臉龐垂下來，融化，被頭髮遮蓋了……這蠟像如今在哪裡？」知書達禮的費波內先生喊道。「他來到這時間停止了的小城時還是個孩子，乘坐的小車由屠戶家的兩條狗拉著，那模樣就跟婁慶斯基公爵坐著雙馬拉的馬車似地……一個名叫史傑潘內克的民間詩人今天在哪裡？他背著手搖風琴在女兒南寧卡的陪伴下，在小城到處閒晃。他不是個一般的手搖風琴手，誰家過節或過生日，他就送一份禮：他自己寫的愛國詩篇，抄在一大張雪白的紙上。這位詩人今何在？」「在那裡，葬在聖伊西墓地，」知書達禮的老見證人奧托卡爾．里克爾先生說。「他的女兒南寧卡像她爸爸一樣也是個詩人，」里克爾先生補充道：「她個子矮小，戴一頂自己做的小帽子，總是羞怯地走到行人身旁遞一張寫著詩句的小紙條，求一點報酬，並不糾纏。她可愛的模樣早已消失在墓地裡。唉，說些愉快的事情吧，您看那邊，那條公路，叫皇家公路，在那裡，一八〇一年，我們看到第一輛汽車行駛在從柏林到維也納的公路上，汽車的樣子跟馬車一樣，只是沒有轅木罷了。舉行維也納—柏林實驗性軍事騎手賽時，比賽也從這裡經過，來回都打這裡經過。騎手和馬匹疲憊不堪，爲了使馬匹加把勁跑下去，騎手們用塗了生雞蛋的鞭子猛抽。」「不錯，」舊時代的見證人費波內先生指著下面橋梁旁邊的公路說：「橋樁是木頭的，過橋要交錢，收錢人是博爾曼先生，住在橋邊的第三幢房子裡，屋主胡里克先生是城裡的最後一名漁夫，與博侖漁夫家族有親屬關係。胡里克先生在這裡開了一家小酒館，他只有一條腿，小時候從一個花園裡逃出來時，一條腿掛在籬笆上了。當年我們這些男孩子都很佩服他，因爲他捕魚時穿著高筒靴在水裡艱難地行走。他的妻子個子不高，很結實，一副大眼鏡架在鼻梁上。她總是繫一條有大口袋的圍裙，口袋裡裝滿烤魚，連魚骨頭都烤得極脆，吃起來像咬糖果似地。」在另一邊，科希內克先生興致勃勃地指著河水說：「那裡曾經是游泳池，現在也沒有了。那是些大木桶，用木桁連在一起免得漂走。木桶半數供男人使用，半數供婦女使用。兩邊都有給不會游泳的人設置的池子。沿河走向游泳池時，河水芳香撲鼻，水很清潔。游泳池前面的小亭子裡，薇喬芙斯卡小姐坐在那裡賣門票。她總是粉紅色的，猶如清潔的廣告！游泳池大門的上方，一面黑白兩色的旗子飄揚，標誌著游泳池開張營業，旗子下面的一塊牌子上寫著：空氣二十，水十五，牌子底下坐著救生員克婁巴先生，他拿著菸斗注視著現場。他總是穿一件清潔的熨燙過的藍條紋帆布衣裳。有時候他隔著欄杆放一根粗木桿，上面繫著初學游泳的人，他順著欄杆推動木桿讓初學者游泳。游泳的婦女可以被人看到，但被看到的只有腦袋。從水裡出來時，人家看到的是她們的衣服。大多爲帆布衣服，褲腿捲到膝蓋底下，老太太式的襯衫衣領。她們從水裡爬出來時，衣服上的水流得像屋簷水似地。這古老的寧布林克游泳池如今安在？」舊時代的見證人伐茨拉夫·科希內克先生懷念地說。知書達禮的里克爾先生補充道：「還有那漂亮的奧地利軍服如今安在？駐軍一清早就出發訓練了，我們愛看這軍隊，高高的頭盔上有朝前彎曲的鳥嘴。我們多麼羨慕頭戴金光閃閃鋼盔的軍官啊！傍晚時分，他們又讓大街熱鬧起來，他們走在人行石板道上，身上的軍刀鏗鏘作響，震得路人耳朵嗡嗡的……那邊，下面，他們就在那裡走過去，」里克爾先生指點著說：「那邊，藥房旁邊，常擺著許多彩色圖片，展示神聖的和非神聖的龍騎兵，他們中間有許多沒有腦袋，騎著駿馬揮刀與看不見的敵人交戰。沒有腦袋的地方，後來有些士兵就把自己的小照片剪下貼上了。」「不錯，情況就是這樣，」知書達禮的科希內克先生補充道：「我們小城的第一支駐軍是槍騎兵。爲了方便他們，小城在騎兵街的小壕溝那裡，用城磚建了一座拱形橋。有記錄記載說，一八〇四年七月三十一日，有兩個姑娘在札拉畢，爲槍騎兵還打了起來。」科希內克先生說道。卡萊爾．費波內先生已經等不及了，補充道：「在我們住過的房子裡，黛琳卡．普羅哈茲科娃小姐教縫紉，教學生做衣服和內衣。她個子高，瘦瘦的，是個頭髮已經灰白的老姑娘。她來到這裡時約莫二十歲。我們對這位小姐不感興趣，可是她的兄弟安托寧．普羅哈茲卡先生曾經是某大劇團的舞臺道具管理員。他離開這個職務後，就與妻子帶著許多大大小小的箱子來找姐姐黛琳卡了。他喜歡向朋友們展示他那些箱子裡的物品，我們這些男孩正是他的朋友，看得可都傻了眼。箱子裡有很多兵器、戲裝、服飾，等等。當各個劇團的演員來拜訪他時，那一天，對我們男孩來說簡直就像過節一樣。他們坐小船來，聽著他們相互叫喊什麼普羅哈茲卡夫人！西爾芙波爾！普爾達夫人！等等，我們覺得高貴極了，是我們這裡從未聽到過的，儘管女人們彼此什麼都叫……」費波內先生說著笑了。他看著下面，看著河水，看到了他講的那些事情，我甚至覺得這些事情都寫在水面上和他童年居住的房子上了。弦樂曲〈哈樂根的數百萬〉低聲迴旋，我們的目光越過扶在古老木欄杆上的靜脈曲張、滿是皺紋的手，投向下面，看著小城廣場和小城的街道，看著河水，看到大麥啇溫參茲．沙弗拉奈克先生的房間，看到他哭著告訴書籍說他的兒子死了。我們看到晚上照明燈的高溫使理髮師陳列的模特兒漸漸融化，鼻子靜靜地流下水來，耳朵垂著，整個臉蛋搖動流湯了，滴在櫥窗裡的青枝綠葉和鮮花上。南寧卡在廣場上走著，散發樸素無華的小詩。駿馬和運動員在皇家公路上奔跑。看到人們怎樣在廣場馬廄餵精疲力竭的馬匹。圓桶裡裝著一瓶瓶香檳酒。肥胖的胡里克太太在河邊走著，她鼻梁上架著一副大眼鏡，從圍裙口袋裡一把一把掏出烤魚送人。在老游泳池，克婁巴先生坐在黑板下面，手裡拿著菸斗，身穿乾淨的熨燙平整的藍條紋帆布上衣，婦女們從水中出來，頭髮成了直線形，身穿帆布衣，褲腿捲到膝蓋底下，老太太式的襯衫領子鬆跨跨。河岸上槍騎兵騎著駿馬在奔馳，他們頭戴高高的鋼盔，盔上有向前彎的鳥嘴。藥房旁邊的攤位上放著彩色圖畫，沒有腦袋的龍騎兵騎著馬。舞臺道具管理員普羅哈茲卡先生打開裝滿兵器、戲裝和服飾的箱子讓男孩們觀賞……舊時代的見證人、知書達禮的卡萊爾·費波內先生彷彿知道我們在看什麼，他補充道：「後來，普羅哈茲卡在奧斯特羅夫租了一個木頭搭建的餐館，稍稍適應了當地的寒冷。由於他已在奧斯特洛伐[27]定居，人家就管他叫魯賓遜[28]，以與小城的其他普羅哈

27 原文 Ostrov，意為島嶼。

茲卡做區別。您知道，那邊的木頭搭建的餐廳原先叫白楊島，老百姓管那裡叫打靶場；年紀大的人叫它希斯托特，本是射擊愛好者的射擊場。那裡緊挨著餐館有一間大廳，它的牆壁從地板到天花板都像糊壁紙似地排滿了方形木靶板，這些木靶板或多或少都被射穿過，上面畫著各種動物、飛鳥，以及從《幽默報》和諷刺雜誌《箭》上臨摹下來的圖形。每個標靶上都寫著獲勝者的姓名和比賽日期。木頭搭建的餐館附近有一座圓弧形的音樂亭。普羅哈茲卡先生對自己的工作很投入，他除了養狗養貓和各種小鳥之外，還養了兩隻馴服的水獺，據說水獺會幫他從拉貝河帶回魚來。這我沒見過，但我見過他吹一聲口哨，水獺就從拉貝河跑出來爬上他的肩膀。」卡萊爾・費波內先生這麼說時，我們這些聽他講的人，都把目光投向那邊，投向緊靠小城的奧斯特洛伐。伐茨拉夫・科希內克先生熱情地補充道：「那裡，現在是正式的電影院了。頭一次流動電影放映隊來這裡時可轟動了，放映地點在科希納大街。這條街所以叫科希納[29]，是因為從前牲口市場在小城都設在街道上。聖騎兵街有馬市，如今的長街有牛市，雷濟施基大街或科希納大街有羊市。雷濟施基大街原先叫軍街。自來水街叫俄國街，廣場的教堂街原叫寬街，法院街人們管它叫屠宰街，在史拉葉爾大樓和朵萊沙爾大樓之間，從前有一條街叫引水街，因為那裡曾經有一條木管道把水從大磨坊引向廣場水池。彎子街從廣場起已經叫拉貝門大街。狄爾索瓦大街叫聖騎兵街。艾利什契納街叫利什金斯卡街，郵局街叫歎氣街，長街從前叫牲口街，護城大道叫護城木匠街，小圍牆街……納烏禾拉街……不過，讓我們還是回到雷濟施基大街上來吧！」科希內克先生得意地喊道，「一八八九年三月，這裡來了柯契克病理解剖陳列館和蠟像陳列館，參觀的人只需花三十哈萊什，士兵二十哈萊什，兒童十個哈萊什，就能在雷濟施基的展覽棚和獸籠裡看到歐洲最著名藝術家的上千種作品，以及三十種最珍貴的猛禽和猛獸。廣告這麼說……」科希內克先生說著搓搓手，然後忽然抬起身，對著下面的小城大聲喊叫：「沒有博物館和蠟像陳列館我要上吊，沒有流動病理解剖博物館我也要上吊，沒有美味呢？早晨，在護城街和波萊斯拉夫斯卡大街的馬哈齊科夫麵包點心店，香味撲鼻。冬季天寒地凍，一大早，那裡的麵包師傅就把做好的麻花小麵包放在門口的木板上凍著，過一定時間才送進火爐烘烤。小麵包又鬆又脆，出爐時香味一直飄到街上。對面，在騎兵街的第四座房子裡，屠戶馬哈萊克

28《魯賓遜漂流記》的主人公。
29 科希納，在捷克文中的意思是羊。

先生開了個鋪子賣馬肉，肉卷香氣四溢，哪個孩子要嘗這美味，花一個哈萊什，馬哈萊克太太就會慷慨地把滿滿一大匙肉卷倒在他的手心，孩子得趕快吹，邊吹邊把肉卷從這隻手倒到另一隻手。另一個有趣的小鋪子是普羅哈茲卡先生開在波萊斯拉夫斯卡大街的木材製品店。出售的產品帶著清漆和高級木材的香味。在門牌一三九號的店門前，放著鞭子、掃帚和釣魚竿，使用這魚竿的人須站在高處釣一條不停轉動的紙做的鯉魚。從這裡往前略走幾步，會聞到一三八號飄出的名貴香味，走下兩級臺階就到了藥商謝波爾先生的鋪子。謝波爾先生留絡腮鬍，神態英武，戴一副墨鏡，他用按摩治療皮膚上和身體內的疼痛。老太太們來這裡買松節油樹脂，這種軟膏有神效，在揭掉敷在疼痛處的藥膏時，一小塊皮膚有時就連同藥膏一起揭下來。他那店裡還出售熊油、野兔油、抹『紅屁股』[30]的鹿油，以及其他軟膏。在波萊斯拉夫斯卡大街和長街的轉角處，第一三六號是希馬切克的領地，這商店那時候就已經有兩個大門，經營大麥的同時賣麵粉。街對面，也在轉角處的一三五號，是薩拉蒙·克倫的燒酒店，店裡店外都充溢著一股酒味和醉鬼味，在莫加朵萊的人行道上經常有喝醉酒的倒楣鬼躺在地上。廣場的第一座房，一三一號，是巴爾特先生的熟肉店。在涼爽的夜晚，每當店門打開，香噴噴的熟肉味就撲面而來。一二八號的另一家商店，是韋賀拉先生的菸草店，從拱廊踏兩級臺階就進入這家充滿菸草香味的商店。那年頭，很多人都抽雪茄，嗅鼻煙。白天老爺子們抽長雪茄，較少有人抽短的，星期天抽古巴菸。年輕人抽維吉尼亞菸。抽香菸的人那時不多，他們抽不怎麼樣的匈牙利香菸『戲劇』、『體育彩票』，或者貴一些的『孟菲斯克』和蘇丹菸。某些講究的抽菸者，菸斗裡裝的是一種細如髮絲的菸草，叫『布林希契南』，金黃色，裝在洋鐵皮小盒子裡。一二八號的店主先是麵包點心師傅賀宜內克·希普科先生，後來是庫里哈先生。店裡的新鮮麵包香味，一早就在拱廊裡聞到了。香噴噴的麵包，烤得黃黃的，很誘人，可惜的是家裡人口多，晚飯時媽媽只切一小半分給大家。藥房過去幾步是一二六號，鑲著玻璃的門扇，我們推開時總不免有點緊張。在那裡，一位藥師在貼有拉丁文標籤的瓷瓶瓷罐堆裡靜靜地工作著。他打開一個小罐子，往小玻璃杯裡倒幾滴，分量精確，然後加幾滴蒸餾水。他的身邊擠滿了半大的男孩，他們在這裡挺文靜，絕不吵鬧，只是眼睛睜得大大的，遇到有機會給藥師幫個忙，就顯得很高興……所有這些可愛的芳香，現在哪裡去了？難道誰都不再有喜歡香味的權利了嗎？」科希內克先生喊

30 指坐得時間久了屁股發紅。

道。奧托卡爾．里克爾先生輕輕地捏一下我的手肘，指指下面的墓地說：「那裡安息著我們的詩人奧代卡爾．迪爾，他十七歲時出版了詩集《小樹林》，他曾化名奧托．固隆在小樹林裡跳舞。一九○○年出版了詩集《考察自我》。一九○三年出版了短篇小說集和長篇小說《在愛情樹下》。一九一一年出版了詩集《憂慮與希望》，五年後出版詩集《不顧一切》。他最後一本詩作是古希臘悲劇《法葉忒翁》。一九一七年四月十三日在民族劇院首演。魯道夫．戴爾演法葉忒翁，其他演員有露欣娜．納斯科娃，萊斯波達．朵斯達羅娃。演出備受歡迎，轟動一時。但迪爾未能盡享成功的喜悅，首演後他在家裡懸掛劇院收到的花環和花束時，不慎從不高的梯子上摔下來受了內傷，只得臥床。九月六日他住進韋諾賀拉德醫院，受盡病痛的折磨，於十二月二十日去世，年僅三十七歲。」舊時代的見證人奧托卡爾．里克爾先生惋惜地說。他倚著欄杆，高聲對小城喊道：「你們說說看，卡雷爾．希內克．馬哈[31]有什麼必要跑去救火從而送了命？你們說說看，奧代卡爾．迪爾幹嘛要去把花環和花束掛到牆上，從而摔下來去世？詩人卡雷爾．赫拉伐切克[32]爲什麼要去索科爾，結果得了肺炎去世？」

12

在養老院，星期天早在星期四和星期五就開始了。這是因爲安養的老人們期待著星期天家人前來看望他們，爲此，他們做了種種準備。來看望他們的大多是已有孩子的兒女，因此安養的老人們用所剩無幾的錢買一些糖果和巧克力。星期天的探望讓某些老人多少高興一些，彷彿從深沉的憂鬱中擺脫，彷彿恢復了元氣。可是，爲星期天探望做了最充分準備的人，最終卻誰也沒有盼來。星期天一早，一小群人已經聚集在庭院裡，遇

31 卡雷爾・希內克・馬哈（Karel Hynek Mácha,1810~1836），十九世紀捷克著名詩人，去世時年僅二十六歲。

32 卡雷爾・赫拉伐切克（Karel Hlaváček,1874~1898），捷克詩人，去世時年僅二十四歲。

到下雨，他們就坐在寬大的伯爵府大廳，有些人忍不住冒雨走去看看是否會有人來。寬廣的栗樹林蔭道一眼可以望到下面的小教堂，他們目不轉睛地注視著林蔭道的盡頭，一旦看到有汽車開上來，開到大門口，他們就立刻跑回門廳，坐在椅子上，準備好最動人的微笑，看著門口。可是那些最迫切盼望心愛的人前來探視他們的老人，卻幾乎誰也沒有等來。倒是那些不期待誰來，或者沒有時間期待的人，卻出現來探望他們的人。這是一些玩牌的老人，正在玩五人同玩的紙牌，當護士小姐通知他們有親屬來探視他們時，他們得先打完一局牌，然後才滿心不樂意地離開牌桌，來到接待大廳。天氣這樣好，坐在花園裡或庭院裡有多美，他與親戚握手，冷淡地請他們坐下。於是，親戚看出來了，人家根本沒有盼望他們來，於是放心了，感到高興，因爲他們的爸爸或老丈人有事情忙著，這就減輕了家人前來探望的負擔，這位安養的老人並不期待家人像等待拯救、等待星期天的滿足似地，他毫不掩飾地看手錶，不斷地撩衣袖看時間，時間無情地走著，夥伴們在樓上等著他繼續玩瑪儷阿什紙牌哩。對他們來說，玩牌永遠是令人興奮的節日，是永遠的紅色星期天，因爲玩牌比說廢話棒多了，在家裡只要有時間，人人早都把話說完了。我什麼人也不等待，有人來，我表示高興，但人走了我會感到更好，因爲我多少明白一個道理：凡事都有時間性。在這養老院，這裡不像過去黃金時代我見過的養老院那樣悲慘，那時的養老院靠憐憫，現在這裡領養老金的人，生活有堅實的勞動保護法保障，因此在這裡我安心，可以看看周圍。我看到並且在人們的臉上讀到這些人的命運，可以把他們的遭遇寫成書，猶如舊時的吉卜賽人從手掌或灑出的黑血中猜出人的命運，我看到每個人不僅把一切寫在臉上，而且寫在步伐和整個身形中。因而我只是走走，只是看看，猜測人們的關係，這並不難，因爲所有的人，即使僞裝，也是可以讀出，可以猜測出來的。就這樣，美好的星期天上午在團聚中度過，來探望的親人圍著安養的老人坐在小椅子和小板凳上，他們帶來點心、禮物和鮮花，我看到大部分來的人都有點不高興，我散步時聽到他們談話的片言隻語，聽到他們發牢騷，說買蔬菜和肉類要排隊，說買麻花小麵包和麵包，往往上午去，中午才能買回來，有時甚至要等到下午。我聽到他們埋怨，說馬路開膛，住所要拆，在布拉格晚上出去不安全，說不定會掉在坑裡，有幾個甚至說即使大晴天，他們也會遇上可怕的暴風雨、龍捲風，車禍時有發生，因此要繞大圈子才能來到這裡問候媽媽或爸爸，說就連那塊蛋糕也得預先訂購，如果星期五不買，到星期六就一口甜點也買不到了。我蹓躂著，看到這些碎碎唸的親屬都拚命地說這裡，這養老院，這府邸，這不僅是天堂，而且是清靜的樂園。他們四處瀏覽，看擺滿鮮花的走廊，看食堂大廳，看天花板上的壁畫，看罷回來激動地說，他們恨不得明天就領養老金，到時除了上這裡，上史博爾克伯爵府，哪裡也不去。安養的老人們靜靜地微笑著，大部分老婦都穿著最好的衣服，微笑著，偶爾也只是說情況並不像親屬講的那樣，他們雖然不用爲弄到點吃的操心，但他們缺乏的是家庭。聽這麼一說，親屬馬上舉起手來說眞是天曉得，他們再次擁抱媽媽爸爸。孫兒們開始吃蛋糕時，安養的老人便帶領親屬去花園走走，那裡，在幽徑兩側修剪整齊的老山毛櫸周圍，有一排巴洛克式的砂岩雕像，親屬裝出對雕像有濃厚興趣的樣子，儘管他們可能從未注意過這些出自布勞恩[33]學生之手的月份雕像。他們指點著讓安養的老人細看雕像美麗的頭臉、胸脯，而安養的老人此刻想說的卻是這裡的情況並非如此，晚上想睡覺，可是咳嗽聲、翻身聲、打嗝聲、放屁聲，相互干擾，雖然這裡有夥伴，不孤單，但這並非一切，因爲永遠不能獨自呆一呆，不能獨自在自己家裡，像以前那樣，像來探望他們的年輕人那樣。可是，安養的老人剛要說說這美好住處的另一面時，親屬已跪在地上看雕像底座的德語銘文，努力猜測，艱難地一個音節一個音節地讀出刻在上面的月份名稱，字跡已被青苔和風雨弄得模糊不清，因爲這些雕像在這裡已有兩百多年……後來，突然間，這突然的時刻總是老人們開始訴苦，說問題不在於必須與別人在一起，只是年老體衰，年輕人該想想自己年紀輕，不知每個老年人都願意去排隊買蔬菜，買麵包，願意滿布拉格甚至到別的城市去採購，到熟悉的肉鋪去預訂肉，願意做這一切，只要能年輕，比現在年輕，生活能自理，不要躺在床上虛弱無力，不得不讓護士小姐幫他們端尿盆，像照顧孩子似地給他們擦身……我看到每當安養的老人要對孩子說幾句眞心話，告訴他們要珍惜青春，珍惜年紀輕沒有老年人的煩惱，年紀輕可以忙於別的有價值的事情，可以只想著自己，享有夢寐以求的好機會，每當安養的老人要這麼說的時候，那個來此探望他的親屬便彷彿有要事纏身，看看錶，吃了一驚，甚至拍拍腦門叫苦，表示馬上得回去。於是，突然一下子，一切結束了，猶如突然一陣暴雨迫使市集收攤，慶祝活動散夥，露天電影停放，匆匆告別，收拾手提包，拉起孩子的手，拉著他們一陣風似地跑，因爲不到半小時，火車和公車就要離站。如果是開自用車來的，那得及時趕回家，有重要的客人，對孩子升高中有決定性意義的客人在等著他們，有重要的事情要辦。甚至，即使是大晴天，親屬也突然看看天空，吸一口氣，感覺到要有雷陣雨，將會打雷，大雨傾盆，他的轎車是容易打滑

33 布勞恩（Matyáš Bernard Braun,1684~1738），奧地利雕塑家。自一七一〇年起，一直生活在布拉格。

的典型，這樣的輪胎跑在下雨的道路上容易打滑……安養的老人裝作對此極為擔心，演戲似地做出憂心忡忡的樣子，於是親屬離去了，快到大門口時轉過身，揮著手帕和手掌……最後，站在伯爵府那兩扇像大天使加伯利的翅膀似地大鐵門前，轉過身流著淚緩慢地揮手，彷彿這是最後一次見面，從此永遠永遠不再相見……我散著步，假裝在看長裙下面兩隻鞋頭怎樣輪流伸出來，假裝在聽鞋底壓碎粗沙子的聲音，但實際上我的眼角餘光清楚地看到安養的老人站在院子裡，站在小桌子旁邊，一手扶著桌子，另一隻手也是那麼揮動著，就如同在病床上朝離去的、走到門口回身揮別的親屬一樣，最後一次揮別，因為日子和鐘點已經有限。當親屬的身影消失，安養的老人臉上的笑容便立即脫落了，像扯下鞋底似地扯掉了；他沉默不語，探視日演出的一幕幕又在他閉著的眼皮下重演。後來，在下午，前來探視的人全都走了，所有的花瓶都裝滿了鮮花。每當我看到探親者捧著鮮花到來，看到這隆重情景，我總不免產生一種印象：這很像人們在亡故者的命名日、生日和聖誕節去墓地掃墓。我覺得這種探視不啻是葬禮的先聲，每一個來探親的人心裡都清楚，他不敢正視，唯有探索地觀察，當老人俯下身，當他回轉身，根據那消瘦的脖子，那顫抖的手，看出來這位親屬快要進棺材了，得準備人生的最後一件事，墳墓。最動人的是那些始終不懈地等待卻無人前來探視的老人，他們每分鐘都到大門口去，每輛汽車的聲音都喚起他們的希望。每次當他們看到來的是別人時，他們只是臉色有片刻發青，閉上眼睛，隨後又高興地走到大門口，眺望林蔭道的盡頭，看是否還有人走來。我跟他們一樣也在那裡眺望，不知我心愛的兒子會不會來看我；他老穿著水手服，一直夢想過另一種生活，不願與我一起在啤酒廠，而是想離開這些房間去追求幸福，不僅對他來說是幸福，對別人也是……就這樣，我像那些始終不懈地等待卻無人前來探視他們的老人一樣，這等待也使我變美麗了。這些人星期天的午飯也跟玩紙牌的老人怕耽誤牌局一樣，匆匆忙忙，甚至拿一些吃的放在餐巾裡，就回院子了。下雨天到可避雨的院門口，站在那裡聚精會神地看著，抹抹眼睛以便看得更清楚，看是否有人在暴雨中走來。這些人我最喜歡了，因爲傍晚大門關閉後，這些安養的老人馬上就躺下，他們不僅感到溫暖，而且發起燒來，因爲他們不等待任何人，幾乎不對任何事情抱有希望，他們只是爲等待而等待，無論晴天雨天都等待，但星期天等待一個熟悉的人前來，就像其他人的親屬和朋友前來一樣，總是美好的。那時候，佩平大伯的視力和行走都開始出問題了，爲了讓他多活動些，我們一起去採蘑菇。去的前一天，弗蘭欽到市場買了三個蘑菇，他這樣做是因爲從蘑菇的售價，他可以知道蘑菇長出來了沒有、多不多。如果小蘑菇一公斤售價十克朗，這意味著蘑菇還不多。他還總要打聽賣蘑菇的來自哪裡，根據這個我們去那裡採蘑菇。早晨，我們從小城火車站坐火車去代莫克爾，當我們看到上百個採蘑菇的人拿著小筐在等早班火車，我們就知道蘑菇已經遍地皆是了；如果採蘑菇的只有五個人，那就意味著蘑菇得尋找。到了代莫克爾，火車上有時一窩蜂下來幾百個採蘑菇的，他們跑在我們前面，弗蘭欽在後面舉著一個他藏在小筐裡的蘑菇喊道：「瞧這個，你們怎麼找？」他展示他的蘑菇，割下它的根，放進小筐，然後又拿出一個蘑菇給後面的人看，「你們不採這樣的蘑菇？」他割下蘑菇的根遞給佩平大伯，大伯熱忱地聞了聞蘑菇，叫道：「活見鬼，多棒！眞是神啦！」接著，他舉起第三個蘑菇給另外一個人看，弄得採蘑菇的人昏頭昏腦不知所措……樹林裡採蘑菇的人有幾百個，他們走散了，找不到了，於是只聽得一片呼喊咒罵聲，吹口哨和假嗓子呼叫聲。我們暗自說，以後我們下午來，因爲蘑菇中午也長。哪曉得別人也這麼想，因此下午的火車站也擠滿上百個採蘑菇的人，相互之間誰看誰都不順眼，甚至在小城見面打招呼的人也不打招呼了，出現的情況讓我們感到恐懼。車抵代莫克爾火車站，小城採蘑菇的人一擁而下，奔進樹林，爭先恐後地搶到前面去，我們只得在林子邊緣採蘑菇。有一次，我們竟然在樹林旁邊的一處草地運動場，採到滿滿一筐變形牛肝菌，後來又採到了滿滿一筐，傍晚坐火車回去時，所有採蘑菇的人都嫉妒地盯著佩平大伯的筐子看。我們於是想，以後最好開車或者騎自行車來。不料，當我們駕車拂曉來到代莫克爾時，火車正在拐彎處噗哧噗哧地開到，火車裡幾乎沒有人下車，而林間空地和林間道路上卻停滿了汽車和自行車，所有採蘑菇的又聚集在樹林裡了。一次，我們不忙著去採蘑菇，我帶了個平底鍋和少許奶油、麵包和一壺暖瓶熱茶，車開得跟不要命的年輕人似地，等我們睡醒以後，才去採人家採剩的蘑菇。根據斯莫特拉赫教授撰寫的那本書，我們採的蘑菇是灰色的一簇簇的蛤蟆菌。我們生了火，把蘑菇用油煎一煎，弗蘭欽還加了些辣椒。烹調好後，我們先讓愛吃的佩平大伯嘗嘗。我們等了半小時，弗蘭欽問道：「約申柯，你耳鳴嗎？」他沒有耳鳴，於是我們便吃起來。在樹林裡真美，我們採的蘑菇，只是上百名採蘑菇者的皮鞋和靴子踢壞了的……不過有一次，我們吃了油煎花蘑菇，兩腿就麻木癱瘓了，三個小時無法行走，後來才恢復。從此我們對花蘑菇存有戒心，只用它開開胃口，油煎的是淺藍色的辣蘑菇和黃色的大葉蘑，有時也加上黑斑蘑；按照斯莫特拉赫教授的說法，黑斑蘑含有海韋爾酸……總之，這些爛蘑菇泡在醋裡味道特別好，泡在苦艾醋裡，混合著橙黃色狐狸和小鹿以及所謂小圓麵包的幼眞菌。這種醋，我們冬天倒在小酒杯裡，擠幾滴檸檬汁和少許沃爾賈斯特拉，這杯飲料味道之好，簡直就像海蚌和龍蝦一樣。於是那時候，我們只吃和醃製這種怪異的含有溫和毒性的蘑菇，以至於有一次，當我們採到眞正的蘑菇回家油煎吃了以後，卻個個大吐大瀉，口渴難熬，腦袋麻木疼痛，腿肚子抽筋，看東西成雙，耳鳴。吃蘑菇中毒，這讓醫院大惑不解，可是主任醫師說，斯莫特拉赫教授也曾發生過同樣的情況，吃了蘑菇之後便嚴重地失去知覺……於是，我們去樹林只是散步。一次，弗蘭欽發現一處灌木叢裡有一輛大卡車，看來這輛車從戰爭結束時就在這裡了，車上長滿了白樺和白楊的幼樹。弗蘭欽搬到樹林裡挨著這卡車住下了，整整一星期他待在那裡，睡在駕駛艙。我幫他送吃的，看到他怎樣把卡車整個拆卸開，然後重新裝配上。到最後那天，當我手提包裡裝著平底鍋、小罐裡裝著湯送來時，弗蘭欽朝我舉起一根手指。他插上卡車搖桿，搖了一下，再搖一下，車啓動了。弗蘭欽手一扳加大油門，笑了，他很開心。後來他擦淨冷卻器前面那塊因年深月久而失去光澤的金屬標示牌，上面寫的是：白。第二個星期，他到民族委員會繳了費，取得有限經營許可證，便買新輪胎運到樹林，用起重器頂起底盤換下乾癟破損的舊輪胎，清除長在車裡的小樹。這些小樹都發了芽，小樹枝從破窗戶裡鑽出來曬太陽，這景象卻也很美。也許我們的地球有一天會是這個樣，地球上沒有了人類，慈悲的大自然在十年二十年內將包圍所有的工廠和公路、所有的城市、所有人類建造的一切，在這以後，地球上會重新有秩序和殘暴，但會有公正與和平。弗蘭欽說著坐進卡車，我們開著車回到家裡。弗蘭欽高興得都無法好好吃飯，他不時地跑到院子裡去看「白」，他站著喝咖啡，眼睛盯著窗外的卡車。之後，他去管理局，回來時揮動著一張汽車通行證。就這樣，弗蘭欽每天帶著佩平大伯作爲他的搬運工，開車去蔬果倉庫運蔬菜。他們走得很遠，遠到莫拉伐，走得越遠晚上回來就越晚，疲勞不堪，但很開心。佩平大伯已經年老，在裝車斜臺上搬蔬菜箱時，幾乎每次都摔倒，倉庫管理員不得不照顧他。後來，他們事先做好準備，讓大伯搬空箱子，他們自己卸車。弗蘭欽則站在卡車上把箱子遞給他們，高高地卸下一箱箱的蔬菜……就這樣，兩個男人出車回來時，佩平大伯儘管頭上貼滿橡皮膏，卻總是神采飛揚，活像打了勝仗。有時候會出現這樣的情況，輪胎半途扎破了，有時兩個輪胎扎破，因而到達指定地點時已是傍晚，天氣炎熱，人家不願意收已經不怎麼新鮮的蔬菜，弗蘭欽於是拉著佩平跪在地上懇求收下，否則就再也沒有人信任他們運蔬菜了。倉庫管理員只得簽了字，但有一個條件：弗蘭欽得把蔬菜送到牛欄餵牲口或者直接送到垃圾場去……我則在家苦苦等待：他們早該回來了，這樣開車，都可以到邊境了。我恐懼地幻想他們也許出車禍了吧，弗蘭欽和佩平已經死了？我翻看報紙的訃告欄，隨後又到窗口繼續側耳諦聽，直到聽見「白」那典型的聲音，但那是另外款式的，我憑聲音能聽出各種款式的汽車。後來，當我確信他們倆已經死了的時候，小十字架那裡傳來歡快、響亮、幾乎是興高采烈的「白」的汽車聲，它在哈哈地取笑我。我飛奔出去，在黑暗中打開大門，「白」緩緩駛進院子，弗蘭欽轉了一下小鑰匙，使勁踩一腳，汽車完成了光榮的出車任務，畫下句點。就這樣一星期兩次，他們兩人要到午夜才回來，我從傍晚就等他們，走來走去，學會了自言自語。有一次他們到第二天才回來，因爲所有的輪胎都扎破了，連兩個備用輪胎也扎破了，弗蘭欽只得搭便車回來，用我們的全部積蓄買新輪胎再回去。那地方遠在勃婁莫夫，回到那裡，只見佩平大伯坐在駕駛艙裡獨自唱歌劇哩。我餵養了九隻金絲雀，我整晚走來走去，背臺詞，背我在時間停止了的小城演出過的最著名的劇目中的臺詞……如今，我在養老院裡散步，有線廣播播放著樂曲〈哈樂根的數百萬〉，擴音器一整排裝在大樹上，活像餵野鳥的匣子，也像蜂箱，蜜蜂從這裡飛出，迎著陽光飛向四面八方。在星期天和重大節日，〈哈樂根的數百萬〉比藥丸和針劑更能安神。入睡前，我在走廊散步，側耳諦聽開著的和關閉的房門裡傳出的歎息聲，低低的說話聲。這時，探視者早已離去，因而這裡在說著的不僅是談話的繼續，而且是親屬來這養老院裡探望時應該對他們說的那些話……在我的房門口，我把耳朵貼在搪瓷塗料上，悄悄打開房門。幽暗中，我看見弗蘭欽跪在收音機旁邊，全神貫注地聽世界各地的新聞；他聽這些新聞已有二十多年了，那神情猶如醫生在檢查一個垂死者的病情。現在，只見他舉起一隻手威脅新聞中的什麼人，激動地叫喊著……我關上門，接著散步。弗蘭欽大概總是期待著某種消息，某種不僅讓他吃驚，而且也讓全世界吃驚的消息，但我知道這是徒然的期待，就像安養的老人今天期待親屬一樣，親屬卻始終不曾前來。儘管如此，我知道下個來訪日，安養的老人會以更大的熱情期待他們……也許，這也是由於弗蘭欽從我們結婚之初，就始終以爲等待我們的將永遠是美好的，未來將是美好的未來，我們將會很幸福，直到我們領養老金……所以，他繳納雙份高額保險金，這在我們那個圈子裡是習以爲常的。我們從來不去度假，弗蘭欽安慰我說，等保險金到期時，我們一切都會有的。每個月，他爲這美好的未來交付五百克朗，每年六千克朗……這筆錢，據我今天瞭解，當時足夠我們和佩平大伯周遊地中海、阿爾卑斯山和庇里牛斯山，去斯匹茲卑爾根群島[34]、義大利、摩洛哥，每年去什麼地方，看看巴黎，看看德意志和奧地利的城市……可是，我們呆坐在家裡，夢想著等我們領養老金時去哪裡遊玩，弗蘭

34 斯匹茲卑爾根群島（Spitsbergen），北冰洋上的島群。

欽甚至每年都寫信給漢堡、哈根、不來梅的洛德旅行社索取旅遊一覽表。這些一覽表詳細描述了去各地旅遊的行程、日期、港口的名稱，所有一切，包括我們將乘坐的遊輪的名稱。可是，當戰爭結束，人壽保險到期時，保險公司卻有了法令，雖然通知我們說我們總共有五十萬克朗保險金到期，但要我們指定一個銀行或儲蓄所，他們將把這筆錢匯入作爲憑證領取款。從那個時候起，弗蘭欽變沮喪了，從那個時候起他自責，因爲在第一共和國時期他每年交六千克朗的保險費，要不是這樣，他每年就可以美美地到海上，到歐洲各城市和地區去旅遊，每年都可以美美地換個地方，還可以帶著佩平大伯，那時候這樣的旅遊可以玩三星期，玩一個月，現在這些都成了憑證提取的存款……此外，弗蘭欽還難以相信戰爭消耗的金錢，這一次在我國是由富人來償還的，不像第一次世界大戰之後由窮人來還，比如我的父母爲此窮得一無所有，或者只剩幾個貶了值的茲拉特卡[35]，而工廠老闆和莊園主人卻財富依舊……頭幾年他還希望情況會好轉，我們將會領出錢去旅遊，也許可以環遊世界，我們存著那麼多的錢。可是每次我們都被告知，憑證取款不能取這樣一筆旅遊費。弗蘭欽那時仍然抱著希望，認爲來年會有所鬆動，那就等以後吧。我們攤開世界地圖，指點著明年我們的保險金鬆動時我們要去哪裡，整晚上我們對著國外旅遊一覽表坐在那裡，草擬給國際旅行社的信，環遊美國和墨西哥。我們整晚在廣告的光輝和摩天大廈的陰影中生活，仔細研究土耳其之遊，住在海邊，在歐洲和亞洲的交界、以半月形爲標誌的地方。我們堅持從古代的迦太基遊歷到撒哈拉的綠洲，到斯堪地那維亞的白夜地區。我們始終堅信實現這些旅遊是可能的，我們畢竟存了那麼多錢呀，如果說金錢有什麼價值，那麼這就是，我們存的是保險。因而我們繼續手指旅遊，到摩洛哥，閱讀了有關摩洛哥的各種資料，關於摩洛哥，關於伊斯蘭各國，關於伊斯蘭各國的自然美景。最後，我們降低了要求，弗蘭欽申請從五十萬克朗保險金中取出一些錢讓他進行一次一般的旅遊，去奧地利緬懷莫札特、舒伯特和史特勞斯，或者短期旅遊到義大利南部海邊待幾天，或者只到有衆多湖泊和樹林，半夜出太陽的國家，到芬蘭，在亞德里亞小住，領略海邊的浪漫情調，曬太陽。三十年前去那裡坐車，加上住宿，兩個人一千克朗也就夠了，可每次的答覆都是憑證支付不包括這樣的旅遊。上一次弗蘭欽寫的申請書是他想用他存的保險金與我去一趟羅馬尼亞，去曬曬太陽，試試沙浴，去時髦的避暑勝地，或者去保加利亞的海濱，那裡有漫長的陽光、充足的夏天……

35 茲拉特卡，奧匈帝國時期的貨幣單位。

但回信依舊，明確地告訴我們，這樣的費用不能支付。當我們賣掉河邊小屋時，弗蘭欽猶豫了，要不要用這筆錢實現我們一生嚮往的旅遊美夢呢？可弗蘭欽後來說，爲這些旅遊我們早已付出了代價。於是我們用這筆錢加上銀行補貼，在養老院買下一間兩口人居住的屋子。我知道弗蘭欽把收音機搬來了，收聽全世界的新聞，他常常打開世界地圖以便瞭解新聞報導的地點，但他很快就發現這世界地圖幾乎不管用，一些國家的疆界改變了，一些國家沒有了，世界全變了。可我卻直到進了這養老院才開始感到幸福，每天我都在這同一地點遊歷，向瞭解的人打聽一百多年前小城的人們是怎樣生活的；我對很久以前的生活感興趣，遠在我來到這小城之前發生的事情，使我感動或者興奮。因此，當弗蘭欽一天幾次透過新聞周遊世界，瞭解某個國家發生什麼，我則在一個地方堅持不懈地用自己的腳一步一步走向曾經在這小城生活過的亡故者。對他們來說，這小城的時間確實停止了。我想，倘若我們的保險金突然發給我們，我必須去旅遊，到我喜愛而不曾去過的地方，到我和弗蘭欽曾經像孩子似地在地圖上手指遊覽的地方。我們曾經不僅確定了出發的日期，而且確定了捷克旅行社旅遊手冊上推薦的旅館；倘若這一切都突然發生，我會害怕的……我們都老了，因而我們仍然像戰爭結束時那樣，我甚至走進了上一個世紀的遺址。這座養老院，這巴洛克式的恢弘場地，我住的這府邸，這些對我來說突然比我度過青年時代的金色的啤酒廠更爲可貴。在這府邸裡，我每天都生活在祕密中，在不同的人生遭遇中，在早已被埋葬的人們中，感謝偉大的朋友、老見證人伐茨拉夫先生、卡萊爾先生和奧托卡爾先生，藉由他們的回憶，我讓這些被埋葬的人復活了。三位老見證人每天都讓我高興，他們指點著小城，那裡還活躍著已經不存在的人們……在我要去睡覺之前，奧托卡爾．里克爾先生右手遞給我，左手舉起指著天花板說：「我在教堂裡看見一幅畫使我難忘，那是兩個戴頭盔的龍騎兵，手持出鞘大刀，時間在復活節的夜裡，守衛在耶穌墓前。他們一動不動活像兩尊雕像，只有眼皮表明他們不是沒有生命的……」奧托卡爾．里克爾先生說道。可是說罷，他思索了一下，幹嘛要對我講這些呢？他不禁有點狼狽，揮了揮手臂，朝我鞠一躬，悄悄離開了，那模樣就如同演出已經開始他才來到劇場，於是，踮著腳羞愧地走進去……這天晚上，探視後的養老院可不安靜，護士小姐們滴答滴答矯健的腳步聲不斷，她們端著托盤到各個房間打針、送藥、量體溫……什麼人聳著肩膀穿著睡衣從我對面走來，他抽出腋下的體溫計，戴著眼鏡看體溫，氣憤地說：「下回我一個個打死他們。我說什麼來著？我那七百三十五，難道只是爲了讓我美麗的侄女今天來告訴我說，他們在我最美的風信子和水仙花的園圃上又翻又挖！」

13

傳來消息說，古老的墓地已被註銷，所有的墓碑都將清除，墓間幽徑將被鏟平，除了幾座高大的紀念碑之外。這肅穆的墓地將成爲一處歡娛的場所，一個公園。這消息讓在莊園中安養的老人們感到不安，三位舊時代的見證人雖然沒有哭，但自那以後，每當輪式曳引機和履帶曳引機拔掉一塊墓碑時，他們就眼中含淚，我的感覺則是我又一次滿口牙齒被拔掉，第二天早晨牙齒長出來了，於是再一次給拔掉。有些人神清志明，他們跑到現場去看了一會兒，當他們看到一些高大的墓碑怎樣倔強地抗拒，一輛曳引機拉不動，需要兩輛還外加一輛履帶曳引機的支援才行時，他們不禁觸景生情，想起自己的經歷，他們也曾有過這樣的時刻，必須離開自己的小房子，自己的住所、庭院、花園，離開自己生活了一輩子的地方，突然之間，這樣的時刻來到，他們必須離開。他們大多不是自願離開，大多把住進養老院看作失敗，看作末日的開始。有些人也曾抗拒，像這些墓碑一樣，但不得不離開，否則誰來照顧他們？他們已經走路跌跌撞撞，做事不斷出錯，因此除了進養老院，別無他途。看完墓地這個場面回來，那些沒有勇氣去現場的人紛紛向他們打聽，他們則呆呆地沉默不語，不勝感慨地搖搖頭。他們不明白為什麼墓地就不能作為公園，讓人們在這裡散步，看一看美好的詩句，默唸那些他們熟悉的或者從舊時代見證人那裡聽到的光輝名字，因為在這裡安眠的小城人，有些已有兩百多年，時間對他們來說確實停止了。四層樓的走廊上，有線廣播播送著柔和的樂曲〈哈樂根的數百萬〉，安養的老人們搬來椅子，手扶著欄杆觀看。老見證人用望遠鏡看，一架望遠鏡大家爭奪，都想驗證一下那人說的情況。他們看著工人們怎樣用十字鎬和起重器、鐵鍬和滑輪把拔出的墓碑吊起來裝在平板大卡車和曳引機上。他們看著另一塊墓碑怎樣被鐵鍊捆綁，履帶曳引機怎樣啓動，緩慢地，一次又一次地加力，再加力，硬把這玄武岩或大理石墓碑從泥土裡拔出來，那股堅毅的勁頭，就跟牙醫用鉗子拔一顆根部彎曲的臼齒一樣。整整一個星期，墓地上沒有防禦力的墓碑就這樣和曳引機進行著力量不均的戰鬥，這景象很感人，猶如鬥牛，每一場都像是在與死神搏鬥。於是，曳引機開闢了道路。由於小徑兩側都種植了細長的側柏和山楂，曳引機得拔掉一些這類植物，才能開到墓碑那裡，可是這些樹木卻比墓碑更頑強。側柏已有上百年了，根鬚纏繞在墓碑周圍，有些根在地裡長得那麼深，還纏繞了棺材，這就像是給棺材包了鐵，或者說墳墓成了磚砌的，猶如兒童玩的球落到了網子裡……這些根鬚像墓碑一樣堅忍不拔，它們像常春藤亭子牢牢地圍著這座墓，有時需要三輛曳引機齊上陣，費好大的勁，甚至鐵鍊拉斷，才把墓碑拔出來。有時候，隨同側柏根鬚一起滾出來的還有腐爛的棺木、墓磚以及根鬚緊纏的墓碑殘塊。像現實生活中一樣，最容易對付的是兒童墓。整個兒童墓區半天就解決了，只需一個人用一把鐵鍬，一塊接一塊的小墓碑就像拔乳牙似地拔掉了。大部分兒童墓的周圍都有鐵欄杆或木頭欄杆，就像嬰兒床都有小欄杆免得孩子掉下床來，或者像放在地板上的圍欄，免得孩子亂跑亂闖。老見證人科希內克先生說：「老年人見一本書舊了，書皮和紙張都破了，就把這本書埋葬，像埋葬死了的人一樣……可是挖鐵欄杆的工人們，把這些鐵欄杆放到平板卡車上送去賣給廢鐵收購站。」舊時代的見證人奧托卡爾．里克爾先生說：「從前只有女孩玩球，橡膠的彩色氣球，放在編織的網子裡。我們則是用爸爸的舊鬆緊口皮鞋做橡膠球。我們抽出皮鞋上的橡皮筋繞在一小塊糖上，繞成一個小球。小球繞得夠大時便放在牛奶裡熬乾，讓橡皮筋黏成一團。做好的球雖然有彈性，但很危險，造成的傷口痛極了，還留下青紫的傷痕。自製球也有用梳下的毛髮做成。最好玩的是在早春，開始把小球和豆子彈進洞裡。人們管那些大粒的豆子叫『土蘭代』，一粒就有普通豆子的三粒大。玩小球之後是玩陀螺。男孩子的淘氣遊戲還有扔小錢打目標，以及復活節時用小錢打放在界線上的雞蛋或放在手心裡的雞蛋。」里克爾先生輕聲敘述，而那邊下面，在河邊，高大圍牆圍著的地方，墓碑一塊接一塊在躺倒、被砍倒，恰似古時候某個城市淪陷投降了，防禦工事上戰士已戰死，戰勝的軍隊歡呼著在城裡大肆殺戮，男的、女的、老先生、老太太、姑娘、小夥子都殺。老見證人伐茨拉夫·科希內克放下望遠鏡，說：「護城街叫玫瑰街，從前叫波代茲基大街。叫玫瑰街是因爲紅色牆磚在陽光中亮閃閃的。六十年前那裡叫拉索伐大街，簡稱拉索夫卡，那裡有個員警叫盧卡什卡，住在五〇八號。有一次，盧卡什卡先生一歲的女兒死了。按照當時的習慣，小孩的殯葬也要坐馬車。一個小夥子和一個小姑娘把棺材送往墓地。這小夥子是拉索夫卡街的一個淘氣鬼，人家給他穿上油漆工德恩卡的黑西裝，德恩卡先生雖然個子矮一些，但相當肥胖，小夥子穿上這套西裝，簡直就像消失了似地。圓頂硬禮帽架在耳朵上。馬車在拉索夫卡街是稀罕事，馬車上坐著小夥子和小姑娘，小棺材則放在他們的膝蓋上。當馬車啓動時，街上的一幫男孩便又叫又跳地跟在後面。有個男孩敲一下小夥子頭上的硬禮帽，小夥子就什麼也看不見了。小姑娘驚叫，趕馬車的朝那男孩和馬匹啪啪地揮馬鞭……」安養的老人們聽得微笑了，點點頭，〈哈樂根的數百萬〉的樂聲又在飄落迴旋。安養的老人們三五成群坐在史博爾克伯爵府四層樓的陽臺上，看著下面的墓園，由於有段距離，看不清楚那裡的情況，可是拿著望遠鏡看的卡萊爾．費波內先生，此時看到的事情讓他吃驚得放下望遠鏡。於是我拿起它來，調準焦距掃視那些被毀壞的墓碑。我高興地看到一輛曳引機掉進一個拔掉墓碑的墓穴裡，而另外兩輛曳引機正在把它拖出來。卡萊爾先生平靜地講述道：「龍騎兵軍官中有兩位傑出人物。他們是中尉男爵達賀侖和侯爵希姆斯基，後者住在札拉比現在魯莫爾醫生住的別墅裡，因此也可以算是札拉比人了。侯爵希姆斯基個子較爲矮小瘦弱，黃皮膚，黑眼睛，眼角往上挑，頭髮又黑又硬。這樣的頭髮很讓我們那夥人羨慕。他是個出色的舞蹈家，經常出席大型舞會，種花的往往運成推的花束跟在他後面，因爲每個跳舞的姑娘，他都給一束漂亮的鮮花。侯爵對我們的搶菸頭和球類遊戲特別感興趣，在這方面我們不需要翻譯，他總是坐在稍遠的一旁免得干擾我們。我們與侯爵已經有約在先，我們說捷克語，他的話我們不怎麼懂，可是透過國際通行的手勢，也就不成問題。說他對我們的遊戲認真感興趣，可以從一件事上看出來：他把遊戲規則用橫七豎八的線條記在本子上，也許是爲了以後在他的國家使用吧。」舊時代的見證人卡萊爾．費波內先生像平素那樣敘述道。他們三個舊時代的見證人敘述時神態都一樣，都彷彿在唸著什麼筆記，那上面記錄著所有他們認為值得記住的事情。我用望遠鏡觀看曳引機怎樣陷在墓穴裡，彷彿死者拽住了車輪不放。伐茨拉夫．科希內克先生開始敘述：「最動人的莫過於節日和假日上午的玫瑰街了，陽光明媚，麵包師傅馬哈切克的牆上水珠閃爍，鉗工潑拉漢斯基的作坊裡傳出木槌敲在薄鐵板上有節奏的啪答啪答的聲音。四三三號的門前，退伍老旗手哈卜里切克先生坐在那裡講戰爭。再往前四七一號是砌爐工楊．茂德的房產，他在克林訥爾有一座房子，坐落在賀拉德布尼和斯伐宜施商號的轉角處，斯伐宜施商號門前寫著：楊．茂德專砌土灶。楊．茂德於一九〇七年去世後，魯道夫．柯拉施買下了那棟房子。柯拉施夫婦有十一個孩子，最大的女兒結了婚，一九一〇年已經有兩個女兒。於是，那棟房子裡共住十六個人。柯拉施太太為人善良，自己有這麼多的孩子，還照樣給站在她家門口傻看的陌生孩子一個小甜麵包或者一塊煎餅。柯拉施家的十一個孩子名字連在一起唸，朗朗上口像首童謠：斯拉伐，弗拉斯達，密蘭娜，魯道夫，奧基克，露欣娜，羅宜希克，奧德立賀，艾麗娜，雅羅斯拉夫和別麗娜，柯拉施的一大家……關於廁所據說有這麼一件事：廁所大多在院子裡，很原始。五〇八號的一個兩歲小男孩上廁所，他手裡拉著那根關廁所的繩子，繩子不長，剛夠他拉著。一位高大的太太急急忙忙跑來上廁所，一拉門把，孩子險些嚇出病來。」伐茨拉夫．科希內克先生敘述道，那神態活像在大禮堂裡唸一份舊時代的新聞稿。他站在那裡，兩手扶著欄杆，微風吹拂他的白髮，他仰起額頭像船隻翹起船頭，以便在無情的時間逆流中乘風破浪、回憶往昔，這逆流此刻正在下面撲向一塊又一塊墓碑……四周一片寂靜，唯有小奏鳴曲〈哈樂根的數百萬〉又開始低聲傾訴它那彩印的廉價的美妙愛情。爲了打破這令人難堪的寂靜，舊時代的見證人奧托卡爾．里克爾先生說：「從前人們在老拉比，今天小橋下面的溜冰場溜冰，花式滑冰還不會，貴夫人穿長裙，太太們穿長的冬大衣。在這裡，小夥子們可以挑選夥伴兩個人一起滑，戴著皮手筒。我們這些家庭不富裕的孩子自己做溜冰鞋，就是所謂的冰刀。我們從廢舊的磨光機上拆下鐵板，剖開做成兩個弧形的彎曲刀片裝在木板上，用破布條綁在腳上就成了。我們感到高興又自豪。我們比那些只有木板，用破布條綁在腳上的強。滑冰場上，星期天偶爾有手搖風琴奏樂……順便說一下旋轉木馬，那時候最著名和最流行的設備，產自庫特納山的施萊姆拉。當然少不了無數串珠子，晚上燈光明亮。」里克爾先生說。我放下望遠鏡，感到疲憊。我觀看的是一件令我痛苦的事，彷彿看鬥牛，我是一個愛牛的人，喜歡母牛、公牛和牛犢，何必看使我痛苦的事情呢？一個人應該只想生活中和記憶中明亮的事情，讓他感到高興的事情，哪怕一件事甚至並非眞實，但他很久以來就相信會發生的事情……當我的公貓和母貓沒有回來，一個星期，半個月了，仍然沒有回來，我擔心地想牠們是不是被汽車軋死了，在什麼地方被人開槍打死了，在什麼地方被關起來慢慢地餓死，這些想像折磨著我，使我無法入睡。直到最後，那隻公貓始終沒有回來，直到最後我對自己說，應該是有什麼地方牠覺得比我這裡好，有比我更喜歡牠的人在養著牠。我這樣想，也這樣相信……墓園裡，三輛裝墓碑的卡車，六個人在把沉重的墓碑裝上卡車，墓碑上有曾經在這小城生活過的一些人的姓名和日期。六個人在把墓碑裝上卡車，從卡車的牌照可看出來自別的地區，墓碑將被運到碑上人不知道的地方，在那裡，這些墓碑就像沒有相片的橢圓形玻璃鏡框一樣……伐茨拉夫·科希內克先生，這位舊時代的見證人神色開朗起來，他坐下了，敘述時口氣裡已經不再有不滿，而彷彿只是進行比較，或者只是覺得有趣：「啊，聖誕節，在我們城牆街也都是家家準備就緒。媽媽們展示自己烤的聖誕節甜麵包，人們相遇都面帶笑容，心情很好，相互祝賀聖誕節和新年。郵差魯貝克先生穿著節日制服，手拿漂亮的小郵本來了。掃煙囪的庫里齊卡先生也戴著雪白的小帽子送來日曆，祝福全年幸福。我們裝飾聖誕樹，漂亮的小雲杉是爸爸從哈努索韋采帶回來的，他在那裡當司爐工，他把砍伐的木材從火車上扔到警衛所旁邊，木材中夾著一張字條，索取一棵小雲杉。回程路上，鐵路警衛已在那裡等著把小雲杉交給他。」科希內克先生說著，神情突然嚴肅起來，三輛卡車開上公路離去，從伯爵府樓上的陽臺，可以看到石碑一塊挨一塊排列在卡車上，正像打仗時卡車運走屍體。現在卡車不見了，一會兒又在近處出現……科希內克先生掏出筆記本，抽出一封折疊的信，他打開信高聲唸起來。這下子，連坐在院子裡的老人也轉過臉，散步的則愣了一下，緩緩轉過身朝發出聲音的地方張望：「啊，親愛的小城，雖然我多年旅居國外，今天已經如此年邁，我卻對你，我的故鄉，始終深深懷念。奧斯特羅夫啊，我向你致敬，你那白樺樹的林蔭道，那些餐館和堤壩，坐在餐館聽水聲嘩嘩地響多麼美妙。菩提樹林蔭道、舒瑪伐大道，美麗的大草坪像桌面似地平整，四周都是高大的樹木，施特爾斯水壩、杜賓納、羅霍伐的三大棵鑽天楊。科夫羅納先生，他還在監視水位，在浮冰漂來時發出警報嗎？那座大橋呢？當巨大的冰塊撞在橋墩上時，它還顫抖嗎？巴拉切克先生和博哈切克先生他們那夥哥兒們呢？他們可都是好樣的。夏天，他們在拉貝河挖河沙，春天河冰流動時，他們用粗大的棍棒推開冰塊。老漁場怎麼樣了？還有弗特納下面那個美妙的地方，我們常在堤壩那裡看河水怎樣轟響著從堤壩衝向磨坊的引水溝。我也懷念安靜的教堂廣場，宏偉的教堂建築，老遠就能看到它的塔樓。也懷念那些人工建造的水池，現在的男生大概會往水池裡亂扔不該扔的東西吧。此外，還有從巴特拉到穆聶施強的步行街，在那裡，即使現在的女生，恐怕也會頻頻向男大學生微笑吧。我們可眞是羨慕啊。公爵府舉行舞會時，大廳的燈光依舊照射得很遠嗎？普列茨里克先生依舊彈奏那動人心弦的圓舞曲嗎？我們著名的舞蹈家絲達西斯卡今天會在哪裡呢？她自稱是小城最美的姑娘，穿著弟弟的便鞋去與情人約會；鞋子太大，但她喜歡讓我們吃驚，因爲那雙鞋是黃色的，當時是高檔貨。我向你們全體致敬啦，你們都活在我的記憶中，雖然哈努施先生早已長眠地下，而且無疑還有別人跟他一樣。但願夏天的輕風把玫瑰花叢的葉子送到他們的墓上，略表我們的思念。」舊時代的見證人科希內克先生大聲唸了這封信。三輛載著市民黑色墓碑的卡車已駛出老人們的視線，消失了。如今，勝利已成定局，主要行列的墓碑已經挖出運走，另外一些墓碑面朝下翻倒在地。然而在我看來，曳引機好像比剛才更加狂暴了，幾乎發了瘋，一窩蜂地撲向尚未拔掉的墓碑。曳引機對著每塊墓碑歡叫，馬達的歡呼聲更爲響亮，彷彿要盡快結束這場力量不均的戰鬥。當暮色降臨，天越來越黑時，我們就只看見聚光燈在移動，在推倒最後的墓碑……那景象很可怕，不見曳引機，只見車燈在移動，聚光燈漸漸靠近，直至照見巨大的鏟子撞到墓碑上。聚光燈幾乎嗅出了死者的姓名，隨後有一刻工夫，墓碑和曳引機都不動了，打遠處也可看出現場情況很緊張，猶如牙醫手裡的鉗子夾住牙齒使足了勁在拔，可怕的僵持時刻，然後基礎鬆動了，墓碑一塊接一塊鬆動，到午夜時分，那最後幾塊也鬆動了……舊時代的見證人奧托卡爾．里克爾先生心情激動，他撫平頭髮，然後一手扶著欄杆，另一隻手舉起，看著下面被毀的墓園，歡快地說：「大學生的郊遊可快活了，在奧斯特羅夫老水壩附近，從前的飯館前面有自編自演的精采節目，即興戲劇表演，其中有大學生的創作。他們向小城所有的糖果糕點商借來帆布搭帳篷，大學生喜歡郊遊時舉辦演唱會，有朗誦和歌唱，節目都選自風行一時的歌曲。歌唱之外還有市集畫片，取材於市集上歌唱的歌曲內容和謀殺故事……大廳裡擺著畫出來的靶子，有的已經射穿。人們跳舞直跳到黃昏。音樂有四重奏，兩把小提琴，傅塔瓦先生的單簧管和低音小提琴，領導演奏的是小提琴手、鞋匠楊．馬雷斯卡先生，他個子瘦小，性情暴躁。」奧托卡爾．里克爾先生說著高興起來。那邊下面，平板大卡車駛進了路燈的光亮，隨後，裝載著墓碑的卡車又隱沒在黑暗中。里克爾先生抬起頭來笑著說：「現在講些愉快的事情吧。布比的故事你們肯定會感興趣。布比，溫采斯．賽德里赫，你們知道，此人有一定的才華，他的母親不喜歡看到他狂熱地喜好買書、喜歡繪畫……他天生性格開朗，身材魁梧，蓄著烏黑的小鬍子，儀表堂堂，很有魅力。他喜歡哪位女士，就常往她開著的窗戶裡扔鮮花……隆冬季節，爲了活躍氣氛，他花錢要溜冰場播放音樂。他渴望接受高等教育，可他的親叔叔楊．賽德里赫羅霍韋，一個僞裝篤信上帝的老光棍，卻硬是扼殺了他的這個願望。

布比於是放棄上大學的念頭，出外遠遊……甚至浪跡海外。他不在家，他的堂兄弟埃米爾．賽德里赫便趁機騙取叔叔的信賴……達到了目的。因而布比，一個大好人，大凡天賦高的人都那麼好心腸，得到的遺產不多，他感到苦澀……他住在老郵局地區，只偶爾從後門出來到田野去，或者在花園裡幹活。他雇了個年老的女僕，除此之外便孤獨一人。在厄運的衝擊下，他灰心喪氣開槍自殺，結束了五十六年不幸的人生。女僕在他的寓所發現了他。他被埋葬在老墓園靠近小教堂的地方……可是我要問，如今他的墓碑在哪裡？」奧托卡爾．里克爾先生喊道，聲調裡帶著和解，彷彿在歡唱。另兩位舊時代的見證人正待敘述他們的故事，里克爾先生卻抬手阻攔了他們，莊嚴地說：「廣場上的一座老宅子裡，二樓住著奧古斯丁．思特羅巴赫先生和他的妻子蓓德希什卡，以及女兒古斯婷娜。那棟房子是切爾文卡齊卡羅夫先生的產業。宅子裡天天有人彈鋼琴，天天有人跳舞。奧古斯丁．思特羅巴赫先生從不放過任何慶祝會、戲劇演出或音樂會。他另一個嗜好是抽雪茄，在家裡，他用海泡石菸斗抽雪茄。他們全家都喜歡天天去奧斯特洛伐……他的遠見卓識，他的勇敢公正，堪稱典範。為自己的身後事，他親自用美術體寫了訃聞，只空出日期，為寡妻和女兒寫好撫恤金申請書，不錯，連訃聞和發訃聞的信封他都是自己寫的，因此收到信的人會看到亡友自己寫的訃聞和信封。他去世的前一天，請人挖好了放棺材的墓穴，請他的朋友、尊敬的工程師艾米爾·齊姆勒博士幫他檢查墓穴的大小尺寸。他於一九〇七年一月平靜地去世，葬在老墓園；像布比一樣，他的墓也在靠近小教堂的地方。關於他去世的情況，據說他死前先穿上筆挺的黑西裝躺在沙發上，於一月十九日去世。」奧托卡爾·里克爾先生喊道。膽小的德國女人蜷縮著坐在那裡呆看著一塊塊墓碑被挖掉，她幾次哆哆嗦嗦想從凳子上站起來，可是兩腿不聽使喚。奧托卡爾·里克爾先生張開雙臂叫喊，聲音越來越響：「現在他們把墓碑都運哪裡去了？切爾文卡巴拉倍裡奇卡在哪裡？還有切爾文卡弗括翁、切爾文卡巴賈達、切爾文卡德浪巴、切爾文卡弗爾納、切爾文卡赫爾特、切爾文卡弗拉達、切爾文卡龐格拉德、切爾文卡齊夾羅、切爾文卡羅賽卡慕、切爾文卡波基基，或者切爾文卡霍謝宜希、切爾文卡恩代格蕾漢？最後審判的座位次序在哪？德拉巴契杜卡多菲、德拉巴契費普沙克、德拉巴契傅希付卡、德拉巴契比德羅、德拉巴契格羅費克、德拉巴契波爾代拉戴？弗達韋巴尼阿奇，弗達韋牟席康達、弗達韋瑪律諾斯代這些人的墓碑又礙著誰了？傅杭基雷德雷拉、傅杭基勞奪納、賽德里赫羅霍韋、賽德里赫布比、諾什卡蒂拉、竇比措娃德什米措普小姐以及所有這些早已去世的人，他們的小墓碑如今安在？」奧托卡爾·里克爾先生喊道。佩奇爾的德國女人忍不住呻吟起來，她一次又一次試圖站起，最後總算兩腿顫抖著站起來。她逃進自己的房間，抖開一塊舊桌布，把她最珍貴的東西包上，然後緩緩走下樓，坐在門房的時鐘底下，驚恐地坐在那裡，手裡拿著身分證，過一會兒，她思索一下，側耳諦聽，然後她站起身把身分證和桌布小包放在一旁，打開時鐘的小玻璃門，將鐘擺弄停了。那是晚上，鐘面的時間是七點二十五分，佩奇爾的德國女人滿意地坐下了，包裹放在膝上，身分證捏在手裡，準備讓人看……〈哈樂根的數百萬〉依舊微笑著用碧綠的爬山虎卷鬚繚繞著走廊。對我來說，曳引機裝載著古老墓園的最後幾塊墓碑，在聚光燈的光亮中開走完全無所謂。我坐著，看到的是過去的某一天，春光明媚，弗蘭欽用卡車「白」送蘇打水和檸檬水，那天小城舉行光榮將士紀念碑的揭幕式，弗蘭欽開車出發前輪胎扎破了，他只得換輪胎，從而耽誤了時間。當他駕車與佩平大伯回到小城時，一名炮兵部隊的中尉緊張地攔住了他，說最好等一等，因爲十分鐘後，守在壕溝的炮兵就要放禮炮，可是弗蘭欽說他必須在這幾分鐘內駛過藏著大炮的壕溝，因爲他正是爲這慶祝會送檸檬水和蘇打水的。於是中尉打電話詢問，小城那邊回答說運清涼飲料的卡車可以開過去，因爲整個小城都在等著他的飲料哪。弗蘭欽行了個軍禮，「白」開動了，緩緩行駛，壕溝裡的大炮在陽光中閃著光芒，裝有炮彈的裝彈機立在大炮旁邊，在第三尊大炮那裡，弗蘭欽看見炮手跪在大炮旁用老大的螺絲把大炮牢牢地架在地上……

就在這時，「白」頭一次劈啪劈啪停下不走了。弗蘭欽後來講給我聽的時候說，這是得了風濕病，需要讓它的骨關節暖和起來。他握著方向盤停在那裡，只見中尉使勁揮手示意弗蘭欽趕快離開，放禮炮的時間到了。弗蘭欽克制著自己，跳下車，揭開發動機的罩子，轉身取來螺絲刀和鑰匙，鬆開化油器。等他取出浮箱、打開噴口吹通它時，他看見中尉聆聽著收音機，做了個譴責弗蘭欽的手勢，看著手錶舉起手臂。幾名炮手捂住了耳朵，中尉隨即下令，第一聲禮炮響起，弗蘭欽看到「白」的兩側車板掙脫，所有檸檬水和蘇打水的瓶子裂成碎片，朝著壕溝飛濺，一股氣流沖來，撕下了發動機的罩子。於是弗蘭欽就像趴在大象耳朵上似地飛翔在豐收在望的田野上，就跟啤酒廠的工人伊魯特克在空中飛一樣。伊魯特克幼時曾在教堂節的慶祝活動中被人放在大炮裡射出來。當氣流的衝力消退時，弗蘭欽掉在了遠處的溝邊上，手裡還抱著化油器，身上落滿玻璃碎片。第二發炮聲震得卡車「白」轉了個身，車上剩餘的木箱被一掃而光，扯下的側板飛走了……就這樣，隨著慶祝光榮將士紀念碑揭幕式的每一發禮炮，運貨卡車就跳起來轉個身，活像貓爪子玩著可憐的小老鼠……弗蘭欽激動地描述說，在禮炮的間隙，他總是在壕溝裡站起來，直擔心佩平大伯，不知他怎麼樣。最後，他發現佩平大伯陷在黑刺李和野薔薇的灌木叢裡，坐在汽車坐墊上；灌木叢有彈性，禮炮每發一次，大伯就像坐在老式柳條椅上似地搖晃……禮炮放畢，中尉連忙跑過來，看到弗蘭欽只是撕破褲子、佩平大伯在灌木叢裡搖著，他鬆了一口氣，下令士兵把佩平大伯從灌木叢裡抬出來。弗蘭欽哈哈大笑地描述說他老兄的那神氣，簡直就像一尊捷克作家的塑像……可是卡車「白」卻被慶祝禮炮毀得很慘，士兵們只得把它放在軍用履帶曳引機上，拉回時間停止了的小城，拉到廣場上。「白」轟隆隆地滾到地面，猶如一頭溺水將被淹死的受了傷的野獸……我微笑著暗自說，過了那麼多年，回顧往事感到很親切。這些事是危險的，差點送命，是人人都懼怕的，然而多少年之後時過境遷，回想起來畢竟很愉快，因爲目睹並經歷了一件只有靠自己才能解決的事情，從而變得謙虛、溫和了……我非常喜歡莊園花園裡的那些砂岩雕像，過了兩個月，我才注意到五月雕像和六月雕像的乳房和一小塊手肘是用水泥修補過的，腹部以及一隻眼睛也是水泥的。水泥和砂岩很不一樣，那隻水泥眼睛和那水泥乳房顯得呆滯，任何人只要凝目注視，都會清楚地看出來。可是，這些裸體雕像從頭髮到指甲都如此魅人，使我心情激動，不可能注意這些水泥修補。後來，我感到這些雕像損壞得不尋常，便向莊園的一位退休的老園丁打聽。他告訴我說，這莊園有一個時期，大概在戰時吧，曾經一度當作士官學校。軍事學業結束時，頒發了軍官稱號，一些獲得稱號的軍官喝醉了酒，便在莊園的花園裡用剛領到的與新軍裝一同發下的手槍射擊，打壞了幾尊雕像。老園丁笑著說：「可是，這座莊園派作養老院之前，曾被當作預備工人的集訓地和宿舍，年輕人在這裡學習當泥瓦工。他們結業考試的任務之一，便是用水泥修補被軍官們打壞的所有雕像。」我聽了先是吃驚，可後來卻覺得這些雕像更加美麗了。我有切身之感，彷彿這些事情就發生在我身上，彷彿是我站在底座上，年輕的軍官朝我射擊。當我在這些雕像旁邊散步時，我也感受到年輕的泥瓦工怎樣用水泥修補我身上被手槍打掉的地方……什麼是人生？一切往事，一切回憶，誠如老人所說，錯了的事情悔之晚矣。儘管如此！我又走進這令人愉快的花園，伯爵府的花園，所有這些被射擊過的砂岩美人，突然間都更加美麗了，比當年史博爾克伯爵和他的友人能看到的更美了。我這是第一次不僅注意到這些美麗女人的身體，而且也注意到這些雕像手拿的物品以及其他；七月雕像靠著攪製奶油的攪油器，我聽到了攪奶油的聲音，宛如合歡床上的聲音，我看到砂岩頭髮上的玫瑰花，它來自砂岩手裡的玫瑰花束，它噴泉似地把玫瑰花朵噴落在裸體美人的腿上，使她的四肢散發著奶油和玫瑰的芳香……我第一次看到五月雕像的整體，她一手扶著小山羊的羊角，另一隻手拿個小木盆撒雞食，一群小雞圍在她腳邊啄食小顆粒，抱窩的母雞則美滋滋地雙翼遮護著牠的寶貝，五月雕像的乳房是泥瓦學徒仿照《花花公子》上的樣式用水泥修補的……今天，我第一次看到六月雕像一手扶著一把鏟進地裡的鐵鍬，另一隻手撫摩掛在枝頭的檸檬，那棵高大的檸檬枝頭觸到了形狀很像檸檬的裸體雕像的乳房。年輕的軍官打掉雕像的一隻眼睛，還打傷了幾個檸檬，然而我看到這年輕美人的雕像卻更加美麗，正像漁夫從海裡打撈出來的一尊缺手臂的古希臘雕像……不錯，我現在看出來了，所有的雕像都是小乳房，幾乎像青年男子的胸脯，唯一沒被打傷的是二月雕像，一個舞蹈者的雕像，衣服貼在身上，濕淋淋的帷幔，在狂歡節上跳著舞，手裡拿著一小筐甜點心和糖果，身旁是酒桶和大酒杯，烤架上烤著射死的雞和鴨，這情景就跟我在啤酒廠狂歡節時宴請賓客一樣。年輕女人的舞姿充滿節奏感，乳房小，沒有人用槍打她的乳房……我察覺月份雕像中凡是男性雕像，就沒有哪個遭到射擊，吸引軍官的只是美麗女人，這大概也合乎情理……伯爵府的花園第一次以一個整體規模呈現在我面前，先是兩排月份雕像，接著是兩個斯芬克斯，爪子緊抓著砂岩底座面對面地守衛著林蔭道，之後是兩隻砂岩獅子，樣子像馴服的看門狗。然後是進府的臺階，左邊是小愛神密萊克舉著個鏡子，鏡中映照出月亮和星星，右邊是同樣的小天使，展示一個橢圓形的盤子，盤中的太陽光芒四射。然後，在最後一級臺階上是兩尊雕像，左邊的婦人身穿百褶長裙，我這才初次看到，這是一個笑容中洋溢著熱戀的女人，腳旁站著箭袋裡裝滿了箭的小愛神密萊克，他一隻手撩起婦人的裙子，另一隻手指著她的肚子，臉轉過來朝著我，笑容裡帶著猥褻，因爲也許每個小愛神都知道愛情是至高無上的……這尊雕像的對面是一個幾乎裸體的男人，一手持弓，另一隻手伸到背後箭袋裡去抽箭，對，情況應該是這樣，一個男人能用箭射中女人就意味著他還年輕……我站在那裡看得出神，悟出了這些雕像整體的隱喻……左邊雕像春，形體浸透了愛情，額頭是玫瑰花，秀髮上是玫瑰花，腹部和乳房周圍是玫瑰花，腰際纏著玫瑰花；大量玫瑰花使美麗的春的裸體顯得格外動人……春的旁邊是雕像夏，裸體婦人的頭髮上有麥穗，大腿旁邊是一捆小麥，手裡拿著麥穗，另一隻手裡是一把鐮刀，刀上還掛著麥田裡帶來的麥穗；不朽的小麥，象徵著永恆，永遠讓現實生機勃勃……另一排雕像中有兩個男性，秋，仰望天空的男人一隻手托著一大串葡萄，另一隻手擠葡萄汁，擠在一個貝殼狀的玻璃器皿裡，小愛神密萊克正大口大口喝著葡萄汁……最後一尊雕像是老人，冬，大自然和人類周而復始地循環到他這裡結束。雕像中的老人和養老院裡我周圍的老人一樣。我今天在昔日伯爵府裡看到的這些雕像階段，我和別人都經歷過。讓我感到遺憾的是，我年輕時忘記了愛情，它在我的指縫中流逝了，在我期望它之前便流逝了……然而，什麼是人生？

14

養老院的二樓是病房區。我從自己房間的小櫃子裡取出一個磨損的透明小口袋，口袋上有製帽師希斯勒爾的標記。我拿著它在走廊上走著，走廊裡各個窗戶都有花卉從花架上垂下來，有牽牛花和文竹，架上的匣子裡飄落小提琴曲，樂聲繚繞著靜靜的馬鬃和彩色美術字體寫成的姓名首字字母，正像弗蘭欽在啤酒廠的一些本子上寫的那樣，本子記載著從啤酒廠取走啤酒的餐館老闆的姓名。隨著一陣窸窣聲，一位身穿黑色長裙的護士小姐走到我面前。她打量我一下，臉上顯出高興的樣子。她胖胖的，鼻梁上架著一副金邊眼鏡。她對我說：「老先生快要歸天了，您來得正好，他要是還有別的親戚，通知他們來跟他告別吧。」她打開房門，我從陽光明媚的走廊跨進病房。這裡陰暗、朝北，窗外則是沐浴在陽光中的高大樹木，樹冠迎著陽光伸到三樓。這些大樹彷彿有聚光燈從底下往上照射似地，照得窗戶格外明亮，映滿了閃亮的翠葉。那是白楊樹，樹枝光滑，葉子沙沙地抖動，那聲音就好像窗外有瀑布或噴水池似地。當我適應了室內的幽暗光線，我看到弗蘭欽坐在床頭的椅子上，床上躺著消瘦得難以置信的佩平大伯，他一隻手彎曲著放在腦袋上面，兩眼凝視著天花板。我看到這雙眼睛裡時間在停止，或者已經停止了。護士小姐俯身像抱孩子似地把他抱起，他那麼輕，就如同小女孩在遊戲，把玩具娃娃從兒童車裡抱出來一樣。「老爺爺，」護士小姐說，「有人來看您啦。」她撩開被子，大伯的腳露出來，這雙腳白得像在石灰水裡泡過好幾個星期。弗蘭欽聳聳肩，呆呆地看著哥哥。我知道大伯像嬰兒似地用尿布。護士小姐解開尿布，高興地說：「很好，您沒有排尿。老爺爺，您不想聽聽留聲機？」佩平大伯不做聲，他完全麻木了，依舊凝視著天花板，一雙藍眼睛猶如接骨木的藍色花朵發了白，像凍壞了的勿忘我。護士小姐把留聲機拉過來，那是一張方形的凳子，她抽掉面上的木板，把帶便盆的椅子放在上面，讓大伯坐在這椅子上解便。可是大伯坐不穩，歪倒了，弗蘭欽便扶著他。大伯的兩條腿這時成了青色，腳趾和腳掌像在鹽水裡浸泡過，白色的硬皮剝落。他裸體坐在那裡，只披一條毛巾，活像一尊坐著的頭戴荊冠的耶穌雕像。我侷促不安地等待著，等大伯解便、發出難聽的聲音之後，我慌亂地打開口袋，取出白色海軍帽，大伯戴了二十五年的光榮的海軍帽，他戴著它上酒吧，戴著它去會見美貌的小姐，是製帽師希斯勒爾先生按照影片《棕櫚樹》中漢斯·阿爾貝斯扮演的角色製作的。我把海軍帽舉到大伯的眼前，可是他的目光越過了海軍帽，他已經對此不感興趣。這是一頂曾經讓他見了就興奮、就神采飛揚的帽子，當年這帽子曾幾次丟失或被小姐們藏起來，但每次希斯勒爾先生都幫他重做一頂一模一樣的。然而，這些如今結束了，這帽子既不能使大伯見了微笑，也引不起他的注意或喚起他的聯想，他已經置身於另一個地方，歸根結底這已是他最後的年頭了。我把帽子戴在他頭上，但帽子直扣到他的耳根；他瘦成這般模樣，腦袋肯定小了好幾號。護士小姐站在那裡，手裡拿著衛生紙，說：「他根本不認識我們了。」我站起身，假裝對窗外陽光照射的樹木感興趣，樹葉瘋狂地擺動著，彷彿下面有揚穀機在吹著似地。那邊，在昔日府邸的窗龕裡放著一張床，床上半躺著個男人，他戴著一副銀邊眼鏡，手拿鉤針和一團線，飛快地鉤著一塊鋪在大桌子上的桌布，樹枝和樹葉在他的手指下增長，我看了一會兒窗外顫動的大自然，陽光彷彿只是爲這個男人才明亮。他不停地看一眼窗外，隨即把看到的圖像鉤出來；桌布已大得罩住了整個床鋪，並且順著床沿垂到地板上。床鋪上方的鉤子掛著一根橫木以便他站起身，因爲桌布下面他的兩條腿完全不聽使喚，但他的手卻敏捷地鉤著，敏捷得不亞於鉤了一輩子布魯塞爾花邊的老婆婆。我回過身，聽到了腹腔出空的聲音，護士小姐微笑了，她筆挺的白帽子周圍耀出一輪神聖的光環。大伯旁邊的病床上躺著一個人，他雙臂都已殘廢，小桌上放著一杯茶和一碟切成小塊的麵包，他輪番用兩隻殘臂支起身子，然後像打斷腿的小狗似地俯身用嘴巴，貪婪地一塊一塊吃麵包，還更爲困難地從床上俯身喝掉一杯溫茶。有人拍了我一下，一個老先生站在我面前，用刺耳的哭聲說：「唉，太可怕了，太太，我今年九十六歲了還死不了，眞是不幸啊！我心和肺都健康，我簡直成了不朽的人，倒楣透了，您說是不是？」我不知所措地點點頭，目光再一次投向那個用鉤針鉤桌布的男人，他這時又在花邊上鉤出一片葉子。我看出來了，枝葉間還有小鳥呢，鉤桌布的男人仍舊看一眼窗外，隨後迅速低頭鉤桌布，把窗外看到的捕捉到桌布上，就像演奏齊特拉琴或者彈吉他，先看一眼樂譜上樹葉嘈雜轟鳴的音符。「好啦，完畢啦。」護士小姐說。我轉身，看見她端走便盆，大伯頭上的海軍帽掉了，弗蘭欽把帽子拾起用手肘抹抹，戴在自己的頭上，伸手扶著哥哥。護士小姐送完便盆回來，輕輕抱起大伯，把他抱到一旁。弗蘭欽連忙撩開被子，護士小姐把大伯放到床上，小心地幫他墊好尿布。我們在陰暗的大伯床頭站了一會兒，窗外陽光明亮，照射著瘋狂晃動的樹葉，窗龕裡鉤針的活動猶如一隻被捉住了翅膀的小鳥。大伯又把手彎起放在腦袋上面，眼睛一眨不眨地盯著天花板。護士小姐溫和地把弗蘭欽頭上的海軍帽摘下來交給他，點點頭，微微一笑。「這裡別戴了，」她說，「出去戴吧。」她走到窗前，窗格子映照出她高大的身影，她拉開窗簾推開窗。病房裡這下子便只聽見高大白楊樹單調的聲音，樹葉猶如飛機馬達似地轟鳴。弗蘭欽俯身湊到大伯耳畔，說：「約申柯，你在想什麼？」護士小姐走過來看著大伯發紫的、低聲說話的嘴唇。「親愛的什麼？」樹葉的聲音更響了，彷彿一大群蜜蜂在窗口亂飛……「親愛的什麼？」弗蘭欽又問了一聲，耳朵湊到大伯的嘴邊，大伯在低聲說話。「親愛的什麼？」弗蘭欽對我說了一遍，驚恐地看著我。「親愛的什麼？」護士小姐彎腰拉了一下弗蘭欽的衣袖，溫柔地點點頭，弗蘭欽明白了，他抬起身倒退著離開病床，我也往後倒退。護士小姐開了門，我們退到走廊。弗蘭欽戴上海軍帽，我從半掩的房門看到窗龕裡病床上的那個男人停下鉤針，呆呆地看著我，我只見他的銀邊眼鏡和手裡的銀色鉤針在閃光。走廊裡，小提琴協奏曲〈哈樂根的數百萬〉低聲迴旋，樓下飄來滷汁和湯的香味，刀叉的叮噹聲和年輕女廚娘充滿激情的歌聲：「船身小，划槳短，親愛的人划著小船回來吧……」我們走出養老院的大門，勃爾卡先生在這裡值班看門，弗蘭欽敬了個禮，老先生跑出來朝我們深深地鞠了一躬。海軍帽實在漂亮，他怎麼也看不夠，他摸摸帽子，請求弗蘭欽讓他戴一戴，願出一百克朗買下它，弗蘭欽給他一張五克朗的鈔票，說：「拿去喝啤酒吧。」我們默默地在沉思中信步走著，我腦海裡在回想，那時候當格隆朵拉德醫生告訴我們說，佩平大伯確實已不能行走，唯一的挽救辦法是活動，弗蘭欽於是每天在院子裡準備了一個空輪胎，把大伯背到院子裡，在輪胎的氣門芯上安了個很大的打氣筒，讓大伯手握打氣筒的把手，靴子夾著打氣筒打氣，整上午打氣。大伯直挺挺地站著，像玩偶漢伯曼似地，孩子一拉繩，玩偶的手腳便活動。佩平大伯有健康的肺，因爲他從不抽菸，即使偶爾抽一支，也只抽美麗的小姐在酒吧請他抽的雪茄，他一抽就不舒服，可是小姐們卻特別高興，因爲這樣，她們便可以在自己的床上爲他治病了。佩平大伯就這樣整個上午打氣，弗蘭欽則不時拿著個小錘子過來摸摸敲敲這個從卡車上卸下來的大輪胎，對哥哥說幾句表揚話，揹他去吃飯。下午，佩平大伯再次長時間不停地給另一個輪胎打氣，用活動來對抗硬化症。晚飯，佩平大伯喝牛奶，就著牛奶吃麵包，弗蘭欽在麵包上塗了厚厚一層油脂，拿著到院子裡卸下打氣筒，放掉兩個輪胎裡的氣，以便佩平大伯像薛西弗斯[36]那樣再打氣。當弗蘭欽放掉輪胎裡的氣時，我總有一種感覺，那聲音很像人在呼氣，長時間地呼氣，直到斷氣。我覺得每個活著的人以及一切活的東西，都像弗蘭欽每天做的事情一樣毫無意義；大伯打氣，弗蘭欽晚上把氣放掉，就這樣周而復始。當我聽到這聲音久久地持續不斷地響著，然後漸漸變弱，最終靈魂飛出去，我連忙捂住耳朵。我懇求弗蘭欽放棄這個做法，我每天都在死一次。弗蘭欽於是想出另一個辦法：早晨他把佩平大伯揹到水泵和一個大木桶，啤酒廠的大桶那裡，要佩平抽澆花的水。佩平整個上午都在抽水，當他覺得時間該到中午了，便摸摸木桶裡的水，不夠就再抽；若是水已到了邊緣，他便坐在臺階上發呆。佩平大伯吃午飯的時候，弗蘭欽就澆花，直到木桶裡的水全都澆空，好讓佩平下午再長時間抽水，把木桶灌滿。弗蘭欽傍晚再澆花，把木桶裡的水澆空。遇到下雨天，弗蘭欽便在木桶的底部打洞，打好幾個洞，因此大伯仍舊可以抽水，抽多少水就打多少洞讓水流掉。到後來，有沒有洞已無所謂，大伯抽出的水直接通過排水溝流到花圃裡，佩平大伯以爲木桶裡的水該裝滿了，他摸摸木桶的邊緣，彎腰往下摸，卻總也摸不到水。儘管如此，他還是繼續抽，繼續聆聽水怎樣嘩嘩地流進木桶，聆聽水泵悅耳地嘎吱嘎吱、咯啦咯啦響，等待午刻到來的鐘聲，或者黃昏時街角的廣播開始播送新聞。晚上，佩平大伯總是一動不動地坐在碗櫥旁邊，背後臥著老貓采萊斯廷。這隻貓是我們在新房子裡發現的，牠像

36 薛西弗斯，希臘神話中的暴君，死後在地獄被罰推石上山，石推近山頂時滾下，於是重新再推，如此反覆不息。

佩平大伯一樣衰老了，沒有牙齒，臉也跟大伯相像，佩平時不時地回身摸索貓頭，撫摩牠，貓則用腦袋頂他的手心，兩個老傢伙很親熱。佩平大伯沒事就問：「你在嗎？」采萊斯廷喵嗚了兩聲，接著呼嚕。牠臥在碗櫥上，緊挨著大伯，幾乎要趴在大伯的肩膀上了。大伯和采萊斯廷都知道，他們倆只要彼此觸摸得到，這世界就祥和。每天晚上，佩平大伯和采萊斯廷都彼此等待，交談幾句，然後采萊斯廷趴在大伯背後，一隻腳搭在大伯肩上，大伯坐在碗櫥旁邊，貓坐在碗櫥上像個君王。他們兩個彼此相知，靠在一起直坐到上床睡覺的時候。可是有一天，發生了這樣的事：當弗蘭欽去把木桶裡佩平抽的水倒空以便他第二天再抽時，佩平大伯坐下來伸手去摸背後，卻沒有摸到貓的腦袋。他坐在那裡，只是一次又一次地問：「你在嗎？」可是沒有回音，第二天也如此，一整個星期都是這樣。在此期間，每天晚上佩平大伯坐在椅子上伸手到背後去摸，總會問：「你在嗎？」可是采萊斯廷沒有回來，因爲老貓並未死在家裡，牠死在某個房間的梁木後面，就像老了的大象一樣。佩平大伯已經不再坐在碗櫥旁的椅子上，他只是站著，手扶著采萊斯廷一向臥著的地方，然後去睡覺。第二天早晨再去給倒空的木桶抽水，就像以前每天給兩個輪胎毫無意義地打氣，弗蘭欽晚上又把氣放掉一樣，爲的是延長壽命。雖然他活著已經沒有意義；就像教堂塔樓的大時鐘，兩根時針已經掉了，不走了。因爲在小城已經是另一個時代，一個充滿熱情和新追求的時代。在這個時代，「我們」比「我」更重要，一個可以自由奮鬥享有新保障的時代，呼籲永遠沒有戰爭的時代，推翻奴役和剝削絕不手軟的時代。新一代人絲毫不關心牲口市集、一年一度的趕集、聖誕節前的趕集，這樣的時代也過去了。下午散步和傍晚在散步場散步的時代消失了。各政黨已經不再舉辦郊遊，結合抽彩、禁閉和射擊的郊遊。化裝舞會、節日舞會和農民賽馬的時代消失了。默劇和諷刺遊行不見了。冬天的酒神遊行和謝肉節的遊行不再有了。裝飾社團和小城最美窗戶的競賽沒有了。不再有戲劇演出，小城五個劇團的舊時代確實過去了。雄鷹體育學院和夏季運動場的時代過去了。在這運動場，從下午四點便有中小學的男女學生，隨後有男女青年，傍晚有男人和女人來此活動。這個時代過去了。現在我們小城，已經沒有人願意花時間聚在一起享受交響樂團和歌唱團的表演。領養老金的人也不再有人陪伴著去奧斯特羅夫的市公園散步。情侶們相約去河邊和樹林的時代過去了。大學畢業生戴花冠的時代結束了。小酒館裡進行賭博的時代消失了。沒有一家小酒館再有女服務員，下午四點鐘食品店的員工把著名的小香腸和灌腸送到小酒館，玩紙牌的人放下牌來買灌腸和小麵包，這樣的時代過去了。一面做木匠活或釀酒，一面唱歌的時代過去了。窗戶傳出的聲音已經不是唯一的 ariston[37]，一切與舊時代相關聯的反潮流的東西，統統都與塔樓大鐘一起入睡了，就彷彿舊時代是含毒的食品，吃下去會像吃了毒蘋果的睡美人，只是沒有王子前來，也不會有王子前來。因爲那個舊社會，我、弗蘭欽和佩平屬於的那個舊社會太陳舊，早已失去了它原有的碩果累累的蓬勃生機，變成了貪得無厭的章魚，因而大海報、開大會的時代到來是不足爲奇的，這些海報和大會用拳頭威脅了並威脅著所有的舊事物。親愛的弗蘭欽，不這樣不行啊，不能讓犧牲活著啊。我和弗蘭欽在黃昏的街道上走著，一個頭髮蓬鬆的年輕人走到我們面前，他身穿牛仔小背心，花花綠綠的襯衫。他點點弗蘭欽頭上戴的海軍帽，請求說：「先生，把這頂漂亮帽子賣給我吧，我給您一百克朗。」弗蘭欽兩手抱住帽子，彷彿大風要把它颳走似地，搖搖頭。年輕人又一次懇求說：「我給您兩百克朗，兩百克朗。」可弗蘭欽說：「就算給五百，給一千也不行。」年輕人聳聳肩走開了。我們站在廣場上，我看出來弗蘭欽一心想回家，回莊園自己的房間裡去，收聽新聞的時間到了，全世界的新聞，這新聞他已經聽了二、三十年，說實在的，我對弗蘭欽的瞭解也只是知道他與整個世界連在一起，這小城對他來說毫無意義，而我呢，卻越來越對這小城過去的、現在已不存在的事物感興趣。我已不需要那三位舊時代的見證人，陪同我一路走一路告訴我許多很久以前發生的事情，我只消舉目環顧，就會看到一八三五年十二月十三日星期天的晚上，嚴寒中廣場和教堂街轉角處的黑鷲酒家燈光明亮，新老屠宰行會在這裡開慶祝會……屠宰師傅們舉著漂亮的行會大酒杯祝酒：「上帝祝福你，祝福你。」酒杯上畫的是一個繫白圍裙的屠宰師傅瞄準了一頭閹牛的腦門，稍遠處畫著一條狗。晚上八點鐘的號角吹過之後，守夜人史托巴來到會場，他是一位製作陶器的師傅，住在鮑布尼茨卡門。他進了會場，在靠大門的地方坐下，吃了豐盛的晚餐，喝了一些啤酒、咖啡和潘趣酒之後臉就紅了。又過一會兒，他脫去皮大衣，等著吃蛋糕。可是責任心不容他這樣，他起身走到廣場上，懶洋洋地在平安大藥房那一帶巡邏。他繞過朵敏尼克·霍伐特卡的大麥店、楊·弗雷施曼的宅院，然後從約瑟夫·塞格斯德密特的商店那裡出來，突然發現到克列倉斯基的小酒館門前，這裡正是郵車換驛馬的地方。他走近一輛郵車，發現車門半開著，車裡沒有人。他把長柄斧頭放在地上爬進郵車，砰的一聲關上車門，在柔軟的坐墊上一倒便呼呼地睡著了。就連換馬匹的聲音以及馬車啓動向婁切尼飛馳，他都一概不知。趕車的小夥

37 一種類似手搖風琴的樂器。

子沒見有人上車，以爲是空車，就直駛小波萊斯拉夫。到了那裡，當郵車在廣場上停下時，守夜人終於睡醒了，連忙爬下車。他意識到耽誤了自己的職責，於是拿起喇叭就開始吹號。一名員警從背後伸手攔住他。「你幹嘛吹喇叭？」「我執行任務呀。我是時間停止了的王家小城的守夜人。」我把舊時代見證人科希內克先生對我講了十遍的故事講給弗蘭欽聽，他微笑著，我看得出來，他心裡想的是解決歐洲、亞洲、非洲和美洲的所有政治問題，還在思考外國軍隊進駐愛好和平的國家，思考此時此刻的新聞。可能又有邊界改變了，又有總理被暗殺，又召開世界和平理事會，又有運輸石油的油輪失事，又有海水污染對動物、魚類、海鳥造成威脅，又召開友好會議，不斷交換實際上無人懂得的意見。我說著，指指轉角處的區政府：「我們這座小城有份週刊叫《市民報》，主編爲弗羅里安。這位先生很幽默，有一天晚上夜已深，他從公爵酒店出來走回家去，他家在當時的波萊斯拉夫斯卡大街。當他穿過廣場時，他聽到在通向廣場的波萊斯拉夫斯卡大街上，守夜人正一面走一面唱，當時的守夜人都這樣唱……午夜時刻到，趕快來祈禱！啊，聖弗羅里安，請你保平安……這時候，弗羅里安先生恰巧就在轉角處、現在的區政府那裡，他走到守夜人面前說：『我就在這裡，你求什麼？』守夜人手裡的燈籠和斧頭都掉在地上，他嚇呆了，弗羅里安先生只得扶著他送他回家。」舊時代的見證人卡萊爾·費波內先生把這故事講給我聽的時候，我哈哈大笑。弗蘭欽也微笑，但是他把手舉到帽子上，假裝帽子要被風颳走，他看一眼手腕上的錶，發現錯過了世界新聞和政治事件綜述。他吃了一驚，會不會此刻發生了什麼大事、舉行了什麼高峰會議、交換了不僅對雙方而且對全世界都很重要的經驗呢？會不會就在此刻宣告了世界和平，就在此刻所有的戰鬥、所有的戰爭都停止了，所有的民族、種族和階級的代表們都決定聚在一起，他們已經在天空飛向約定的地點呢？弗蘭欽夢想的就是這些，除此之外一無所求，因此他半夜起來側耳諦聽，會不會這樣的情況終於到來，不和平就活不下去，非這樣不行……所以他聽新聞，一天聽十次，始終抱著一個信念，相信有一天他會聽到消息，說世界將有偉大的和平……我們兩人就這麼走著，我挽著他的手臂，在狄爾索瓦大街，我忍不住指點著說：「一八八八年，韋克多·譚格爾律師從老家利斯遷居這裡，他是一位衣冠楚楚的紳士，淺棕色連鬢鬍子，戴單片眼鏡，穿淺色的外交官那種綁腿褲，這明顯地反映了我們小城的環境。他冬天在拉貝河鑿開的冰洞裡游泳，不排除這是他過早去世的原因之一，」說罷，我補了一句：「那座房子屬於賽德里霍韋羅霍韋，這是舊時代的見證人奧托卡爾·里克爾說的。」可是弗蘭欽搖搖頭，說：「我知道。」說著，我們走到橋上，那邊米黃的啤酒廠在暮色中閃光。弗蘭欽靠在橋欄杆上，俯身凝視靜靜流淌的河水。他高舉海軍帽，佩平大伯高貴的海軍帽，有四分之一世紀它從啤酒廠開進小城，在小城它開進小酒館和有女服務員的小酒店，這白色海軍帽代表著舊日的黃金時代，正如帽上金色細繩子編織的帽簷一樣。弗蘭欽舉著這帽子，當一陣風颳來，河水湧起滾滾波浪時，他一撒手，帽子隨風吹走，這帽子，漢斯．阿爾貝斯在《棕櫚樹》中戴的那種帽子，在陰沉沉的波浪上空飄了片刻，落下了，浮在水面，波浪帶著它朝漢堡方向流去。漢斯．阿爾貝斯演主角的影片《棕櫚樹》就是在漢堡拍攝的，那是佩平大伯最喜歡的影片……我們回養老院時，商店都快打烊了，廣場上和街道上到處是人，我幾乎一個也不認識的人。曾經用姓名當店名的一些商店，現在改稱爲團結食品大廈，食堂，麵包糕點店，糖果點心店，發動機技術公司。我微笑著，感到很幸運能親眼看到時代怎樣在改變，看到幾乎所有的老人都走了，換成年輕的女人和男人，一切都已天翻地覆。這裡來來往往的行人中，幾乎沒有人繫領帶，髮型與我和弗蘭欽的也不一樣，年輕婦女穿在身上的褲子很風騷，突出身形，彷彿她們剛從水中走出來似地。我發現連小女孩也懂得要像大人那樣穿牛仔褲。我無論往哪瞧，看到的都是緊身褲，有什麼辦法呢？我發現在這時間停止了的小城，現在幾乎無法從外表看出一個人的社會地位，在舊時代卻是一眼就可以看出誰是醫生，誰是工程師，誰是商人，誰是工人，誰是教授，誰是音樂學校的老師。現在這種狀況讓我喜歡，我看到人們融入了幾種類型。就男人來說，我看不出誰是誰，做什麼的，一個也看不出。他們穿牛仔褲、皮夾克，敞開的軍襯衫，髮型像詩人，在舊時代，這種長頭髮只有非凡的人物才留，例如小提琴家或者畫家，兩位作家傑克．倫敦和伏赫利茨基[38]從照片上看也是這種髮型。我們走著，如今正是廣場和街道上人多的時候，可我知道一小時內，他們將搭乘公共汽車散去。吃晚飯的時候到了，然後便是電視，小城就一個行人也見不到了，只有個別匆匆趕路的人，少數遲到份子，幾十個上小酒館的有福氣的人。我知道在我年輕的時候，那年頭廣場上和大街小巷的行人來來往往、川流不息，爲的只是散步，年輕人到散步場去蹓躂。可是這些跟我有什麼關係呢？與我不相干，我是另外一種人，時代不同了，這個時代有這個時代的人。我在弗蘭欽的身旁走著，他被新時代的人嚇壞了。我不說話，我倒是挺高興看到舊時代過去了。與舊時代一起消失的還有城市貧民、赤腳兒童，同時消失的還有那些精神錯亂的人，他

38 伏赫利茨基（Jaroslav Vrchlický,1853~912），捷克著名詩人。

們在廣場上和城市裡到處亂走，老拉什曼卡和倍帕．帕茨里克。拉什曼卡睡在法院旁邊，下雪天也一樣，蜷縮在門洞裡；她老認爲自己是伯爵夫人，家財萬貫。消失的還有全部富翁，他們與別人是那麼不相同。我就是那種人，我的衣服在小城總是獨一無二的。消失了的時代還有年輕男子穿麂皮夾克，繫漂亮領帶，腳穿布拉格名牌卡佩雷有孔眼的皮鞋，他們懂得拿把雨傘，人數約莫十人、十五人，夏天在廣場上炫耀身上的威廉牌汗衫，套衫。復活節時，小城有個風俗，做父親的必須幫孩子買樣新東西，服飾、衣裳，哪怕只是一條圍巾也行，但必須有，以討個復活節的吉利，我知道整個廣場和散步場都充滿了幸福的姑娘、婦人、少年，小夥子，可是在城外，那裡的情況就完全不同了。今天，我看到的景象跟平素一樣，可是我第一次仔細觀察，我突然間能夠加以比較了，我看到現在差不多人人都可以喜歡穿什麼就穿什麼，已經看不出哪個是農村姑娘和農村小夥子，那個搭乘公車去農村的姑娘，穿的衣服比城裡的姑娘更雅致，舉止也跟我以前慣見的不同，她樸素安詳，屬於一個令我神往的世界。我常常想起我那些女僕，區別多大啊。不過我特別注意的是兒童，他們吃冰淇淋，吃切成塊的大香腸，可在黃金舊時代，麻花小麵包就是美食了。我知道今天的麻花小麵包和那時候的沒法比，我知道那時候的小香腸和今天的也沒法比，可是今天人人都吃得起。那時候可不一樣，有些人就吃不起。我知道有些農村婦女到市集賣掉奶油買人造奶油和麻花小麵包給孩子們，可今天我看到孩子們的生活遠比過去的好，今天的孩子，所有的孩子身上穿的、戴的都是按照母親和親戚的審美觀製作的，我也看到今天的孩子不像過去那樣愛哭，因而在這座小城，這些人的時間沒有停止，我在廣場上和街道上看到的這些來來往往的人，乘坐公共汽車的人，他們的時間沒有停止。時間停止了的只是我和我的那些去了大散步場的朋友們……尊貴的詩人沃依科韋茲的楊[39]如今在哪裡？他曾用手醫治年輕姑娘的病痛。那位以音樂傳道的神父尤瀾先生如今在哪裡？他讓死者的家人得到安慰，含笑離開墓地。那位胖軍官普羅哈斯卡在哪裡？他不得不時刻注意莫讓大刀碰傷了他自己。園丁溫采．泰克爾，那個出色的舞蹈家今在何處？他在公爵酒家喝醉了啤酒，長睡不醒。從前的角鬥士、彬彬有禮的屠宰師傅菲弗達先生今在哪裡？無神論者祭司雷曼先生呢？教堂看門人、一個喜愛侍僧喜愛到危險地步的波德霍拉先生呢？神祕的鞋匠霍莫拉師傅去哪了？

39 沃依科韋茲是地名，「楊」是捷克很普通的男性名字。這裡的意思是：沃依科韋茲地方的楊。

爲自己的制服感到自豪的消防隊員董達．斯達奈克呢？利賀里克先生和他的妹妹如今可能去了哪裡？他走路之快，超過此地的任何人。貝比切克．約魯今天不知在哪個仙鄉？他宰牛時總認爲他在替上帝行事。奧斯加爾．羅賀爾，一個被教育弄昏了頭腦的人，他的靈魂不知從哪個火化爐裡升了天？掏出懷錶與廣播對時間的火車司機博拉貝茨先生如今安在？生機勃勃的醫院總檢察長史傑潘．穆沙克先生消失在哪裡了？我那位偉大的舞蹈家、美男子畫家哈努什．波赫曼是否還在世？如果還在世，他畫什麼呢？身爲殯儀館的老闆，他引領送葬行列已有四十年。還有我呢，名叫安杜拉．謝德拉奇科娃的我呢？我知道我也是舊時代的見證人了……那些同鄉都哪裡去了？那一群群的失業者，天寒地凍中站在那裡等弗蘭欽把他們帶到冰封的河面上去破冰，把冰塊堆到大車上，他們哪裡去了？當我們從城裡回養老院時，我看到弗蘭欽一路上照舊滿有興趣地注視年輕女性，注視富有青春魅力的年輕姑娘，穿著牛仔褲的美人魚……然而，弗蘭欽像我一樣總是生活在昔日的小城，緬懷那個時期，那時他還年輕，擔任啤酒廠的經理，有權決定該買哪一種大麥製作麥芽，該在哪家商號買麻袋裝啤酒花，他有權決定怎樣改進啤酒銷售。他當上一家新酒館的掌櫃，後來成爲酒店業稅務顧問，受到尊敬和重視，沒有想到正因如此，新的執政者指責他，說他是啤酒公司業主的爪牙。我們回到大門口時，天已經黑了，傳達室裡坐著頭腦不清醒的勃爾卡先生，他在看電視。時不時地，這位先生把電視的音響關閉，把爵士樂歌手唱著的歌接到電視上，儘管歌詞內容與電視上的內容毫不相干，可是勃爾卡先生很開心，爲自己能把錄音帶的聲音接到電視上感到驚訝。我透過小窗戶看著這景象，弗蘭欽則沉思地走進自己的房間，收聽世界新聞，繼續爲他那世界永久和平的幻想未能實現而傷心。我看著勃爾卡先生，覺得他實際上並不那麼糊塗。星期天，電視上播放《里布舍》[40]，並未看守大門的勃爾卡先生突然關閉音響，螢幕上身穿古斯拉夫民族服裝的里布舍在女伴的包圍中正在梳頭，當女伴們對里布舍說話時，勃爾卡先生打開答錄機，轉到他需要的地方，於是大廳裡響起了吉他伴奏的歌聲，貝欣基唱了起來……「我在報上登了廣告，仔細看就會看出分曉」……那些星期天看電視播放《里布舍》的人先是感到吃驚，可後來越看越喜歡勃爾卡先生的錄音帶手法了。當赫魯托什在里布舍面前訴苦時，勃爾卡先生轉一下按鈕，於是赫魯托什的動作立刻配上帕韋

---

40 里布舍（Libuše），歌劇，斯美塔納作曲，劇情敘述弟兄倆成為情敵，交付波希米亞女王里布舍審訊，最後言歸於好。

爾·博貝克的歌唱……「我把全部最美好的時光，全部夏天的清晨，全部最美麗的日子都獻給了羅肯羅拉」……幾分鐘後，當畫面上里布舍向兩兄弟宣布判決時，勃爾卡一轉錄音帶，於是莊園大廳裡響起了薇拉·史賓娜洛娃的歌聲。誠如勃爾卡先生預告的那樣……「啊，我喜歡布吉，舞曲布吉，只喜歡布吉，布吉烏吉」41……看電視的老人們的確被這新鮮的玩意兒迷住了，《里布舍》他們看過無數次，但唯有這樣的《里布舍》才合他們的口味……其後，去見潑謝密賽爾的信使，又配以瓦德瑪爾·瑪杜什卡的歌唱……「去西方的路很長」……潑謝密賽爾回答信使時，卡萊爾·齊赫的歌聲響起……「恨只恨我太不走運，在這裡我空聽足音……背後唯有陰影」……之後是音樂和一串電視畫面，直至潑謝密賽爾來到里布舍的面前，於是勃爾卡先生連忙開答錄機，調了調音，電視畫面上潑謝密賽爾舉起手，答錄機唱的卻是米蘭·赫拉基爾……「啊，我看著你雪白的面紗，親愛的，你如願以償，誰曾料到你會嫁給我」……里布舍則由艾娃·畢拉洛娃以充滿激情的歌聲回答……「如果你要娶我，娶我，雖然你知道我捉摸不定，猶如幻影，如果你要娶我，眞誠的愛會將我改變」……當畫面上里布舍深受感動地把手遞給潑謝密賽爾並看著他的眼睛時，勃爾卡先生馬上轉一下錄音帶，於是響起我最喜愛的優美感傷的英文歌，平·克勞斯貝和葛麗絲·凱莉的二重唱，一首憂傷的情歌……「愛情在紐約、巴黎和倫敦全都一樣」……但是大廳的門推開，護理長跑進來，一轉按鈕關掉電視，舉起手對勃爾卡先生大發雷霆：「你總是愛找麻煩，是不是要攆你回家？」勃爾卡先生溫順地收起錄音帶，我們則感到遺憾。之後，我們琢磨良久，不知勃爾卡先生下面將怎樣嫁接，里布舍將用什麼樣的歌預示未來？我心情激動，敏感的勃爾卡先生拔掉電源插頭，打開手電筒慌張地跑出去，手電筒照到我臉上。「您做什麼，您想要什麼？」我說：「勃爾卡先生，我都睡不著覺了，那一次，您是怎麼用錄音帶讓《里布舍》更吸引人的？」「什麼《里布舍》，您在說什麼呀？」勃爾卡先生吃驚地問。我回答道：「勃爾卡先生，就是星期天電視放映的《里布舍》，讓護士小姐關掉的，您準備了什麼樣的錄音帶？」勃爾卡先生高興起來，「哦，里布舍！嗨，哪天我演給您看……我現在已經準備好了，潑謝密賽爾見到里布舍時唱：Hallo, Dolly, is so nice, to have you back, where you be so long…[42]阿姆斯壯就是這樣唱的……你回來了眞好，你去哪了，那

41 布吉烏吉，有時簡稱布吉，一種爵士樂風格的鋼琴布魯斯。

42 英文，意為：啊，朵利，你回來了真好，你去哪裡了，那麼久。

麼久？哈囉！」我一陣頭暈。聽勃爾卡先生這麼說，我突然感到眼花繚亂，勃爾卡先生趁機對我耳語：「等潑謝密賽爾和里布舍出現在電視上時，我將把我錄下的最喜愛的一首歌接上 Save your kisses for me, kisses for me, baby bay bay…[43]隨後，是女聲 I love you…您知道嗎？我將去那裡，你將來這裡 Haha! I love you...」熱情的勃爾卡先生喊叫著唱起來。弗蘭欽從小路上回來了，他已聽完新聞，那神情彷彿他手裡提的不是一桶煤，而是他自己的墓碑，今天的新聞像每天一樣，甚至比昨天的更糟，永久和平還是遲遲不來。勃爾卡先生用手電筒照在弗蘭欽身上繞著他轉了一圈，吃驚地喊道：「上帝啊，您把那頂漂亮的帽子放在哪了？沒有把它忘在什麼地方吧？耶穌啊，我若是戴上它該有多高興！行行好吧，您把它放在哪裡啦？」

15

我在莊園的林蔭道上緩步走著，一些老太太在餵鳥，她們把麵包和小甜麵包捏碎撒在狀如有線擴音器的小匣子裡，山雀、麻雀、黃鶯大多從她們的手上啄食。我來到一塊很大的布告欄前面，布告欄上幾百枚圖釘張貼著小城放映的電影廣告，這裡也張貼著一些舊的訃聞。是的，就在這裡，我將把佩平大伯的訃聞貼在這裡。他已於今天凌晨去世。那些新貼出的告示上，圖釘是新的，然而更多的告示貼在這裡已有十幾年了，上百枚圖釘生了鏽，卻依舊牢牢地抓住一小塊紙條不放，沒有哪個拿著新告示來貼的人會自

43 英文，意為：留下你的吻給我，你的吻給我，寶貝，寶貝。

找麻煩地把舊圖釘拔下來，他們總是一把撕掉一張舊告示或舊訃聞，在那裡或在它的旁邊貼上作爲公民應盡職責的公告，新的演出、講座，或死亡訃聞。我站在那裡看這布告欄，琢磨在哪裡貼上大伯的訃聞，再過一會兒，殯儀館會帶著棺材來接大體。我試著用指甲拔出一枚生銹的圖釘，但白費力氣，紙片成了圖釘的墊圈，黏得那麼牢。這些圖釘看來像是去年的，也可能好幾年了，但仍然那麼牢固，破紙片發了黃，簡直是棕色的，有些圖釘舊得都掉了小帽子，只剩下尖尖的針，我摸一下布告欄，彷彿摸的是一個帶刺的滾筒，古老的聖母像上的滾筒，一度用來演奏聖曲的。圖釘剩下的尖尖的針像盲文字母。是的，是的，明天我在這裡貼訃聞……我沉思著回到院子裡，沿著一條小路朝曾是伯爵府花房的停屍間走去。佩平大伯直挺挺地躺在一輛小推車上，一輛斜斜的兩輪小車，他裹在床單裡，繃緊的布料顯示出他的頭和腳，床單的四角在他的腹部牢牢地打個結，我朝大伯的遺體鞠躬時突然心血來潮，我敲敲大伯的腦門側耳諦聽，後來我聽到背後有咳嗽聲，我再一次敲敲死者的腦門，然後長時間地諦聽。「請進！」我背後傳來人的聲音，我轉身一看，只見三位舊時代的見證人站在那裡朝我鞠躬，他們衣冠楚楚，神采奕奕，像是遇到了什麼大喜事似地。他們拿著記事本就跟教堂唱詩班拿著歌本那樣，伐茨拉夫·科希內克先生一邊用手指打著拍子，一邊唱歌似地朗誦：「在時間停止了的小城，酒館和社團常有歌唱和表演……但是，對於音樂迷來說，最重要的大事就是……在莊嚴的彌撒禮拜時……坐在那裡拉第一小提琴的是業餘小提琴手切爾文卡先生……第二小提琴是唱詩班領頭人傅拉內先生，他在調音……史諾拉在找琴弓……希盧斯撥弄中提琴……弗達伐在吹單簧管……德拉巴奇瑪律諾斯達在長笛上調試和絃……法依德爾，霍盧勃和斯杜依組成了一支號角樂隊……塔韋克在擰緊低音提琴的調音栓……在唱詩班，德拉巴奇格羅菲克先生與女歌手瑪琳卡、勃爾基奇卡和法楠卡正談得高興……魯賓格在菲謝爾飯館吃罷早餐，穿著套袖大衣最後來到……今天在座的也有亡故的人……男高音斯拉比侯代克和男低音伐格訥爾……管風琴的風箱手見到訊號踩下踏板，彌撒便在定音鼓的獨奏聲中開始，克拉薩以極大的激情敲著鼓……管風琴老師勒霍達漸漸插入管風琴的琴音……輕輕彈奏一支他喜愛的歌……想一想吧，瑪申卡，想一想吧……史博基爾老先生這樣講給我聽，他從前的老藥房裡也賣文具。」伐茨拉夫．科希內克先生唱完了，花房裡飄出一陣青春情歌的馨香。我舉目四顧，三位舊時代的見證人微笑地看著我的眼睛，他們顯得更年輕了，每當他們回憶很久以前的事情，唯有他們才知道的事情時，他們總是顯得年輕了。卡萊爾．費波內先生走到佩平大伯的頭畔鞠一躬，打開記事本，然後仰起腦袋，眼睛看著停屍間玻璃上塗了藍顏色的頂棚，開始朗誦：「在奧斯特羅夫的河岸上，那邊，緊挨著水壩的地方，有一間小屋，每到鮭魚的魚汛期，鮭魚看守人就睡在這小屋裡過夜……張開的漁網有鐵絲與小屋連接，鐵絲的一端拴著個鈴鐺，當鮭魚躍過鐵絲時落進網裡……鮭魚的重量和鐵絲的抽緊……使小屋的鈴鐺響起來……」卡萊爾．費波內先生不作聲了，諦聽著，停屍間的一個小鈴鐺響起來，接著響起另一個鈴鐺，又一個鈴鐺，一個又一個，直至各種不同音調的鈴鐺在昔日伯爵府的花房裡響成一片，花房這時變成了一個巨大的魚缸，好大的魚從天上傾瀉下來，上千條閃閃發亮的鮭魚，在空中牠們便已看到了恐怖，看到天上的水源斷了，牠們的眼睛看到了漁網，每一次的跳躍，都是牠們逆水而上，力圖進入愛情殿堂的喪鐘。我捂住耳朵，但卡萊爾．費波內先生兀自指揮著讓更多的魚群落入漁網，就是鮭魚落入的那張看不見的網，然後，他做了個有力的手勢，四周便一片寧靜，他接著朗誦：「鮭魚逆水而游，直遊到水壩門口……然後緩緩後退，接著向前猛衝，起跳……有些鮭魚能力驚人，竟然一跳越過了張開的漁網……我舉目觀看，只見幸福的鮭魚在上面飛翔，魚鱗上的水珠在陽光中閃著光芒……我鬆一口氣，感到幸福，爲牠們的愛情前景感到非常幸福。牠們的愛情道路上還會有水壩，戀愛總是要克服種種困難的。」可是卡萊爾．費波內先生緊緊地抓著我的手臂，我不禁疼得叫起來。他又朝死者鞠一躬，朗誦：「磨坊的輪子下面……放了一個槽……一個有窟窿眼的大木箱……隨河水流進來的魚就擱在這裡……這些魚將被放回拉貝河……可在鰻魚的汛期，木箱裡的鰻魚多得都裝不下，這可是一大筆財富哪……」卡萊爾·費波內先生大聲喊叫，我則緊張地雙手抱著脖子，昔日莊園的花房變成了一個腥臭的有洞眼的木箱，停屍間裡黏滑的魚和鰻魚從上面落下來，同時落下的還有河水。我站在齊膝深的水裡，魚兒在游動，我感覺到魚尾和魚鰭有力地打在我身上，我感覺到鋒利的魚頭在撕破我的褲子，我驚慌地叫喊起來。但是我看一眼三位舊時代的見證人，卻見他們在微笑，三人都穿著淺藍色的西裝，繫橘紅色的領帶，就如同他們站在休養地的回廊上等著聽樂隊演奏似地。風度翩翩的奧托卡爾·里克爾先生走出來對死者鞠一躬，我看著他不禁傻了眼，我突然發現里克爾先生西服上裝的背上用別針別著一面旗子，綠色的旗子，用一枚很大的別針別著……里克爾先生用男高音在唱，右手輕輕按著自己的脖子：「在舊時代，在這時間停止了的小城……廣場曾經是賽跑運動員的舞臺……長跑運動員……往往繞廣場跑二十圈……他們的服裝小丑似地綴著閃光片和小鈴鐺……長跑運動員常會邀請觀衆參加比賽……」奧托卡爾先生說著，指指牆上，我看到對面的玻璃牆上一些年輕男子穿著內褲奔跑，他們弓著身子彷彿要撲倒在地似地，跑得飛快，眼看手指要觸到地面，可在這瘋狂的長跑中，沒有人的手觸到地面，然而他們卻猴子似地跳躍，跑過我的面前時對我呼喊，做手勢要我跟他們一起跑，但奧托卡爾．里克爾先生的綠棍子一揮，長跑運動員不見了。舊時代的這位見證人大聲叫嚷，彷彿在和什麼人爭論，他振振有詞地說：「在這時間停止了的小城，真正的、名副其實的運動員是親愛的工程師卡萊爾．巴梅先生……他出生在奧地利……一八八五年夏天他已學會騎高輪自行車……花式滑冰……滑雪……他第一次滑雪曾吸引了許多人。他們好奇地、羨慕地看著這在當時尚屬少見的運動……他四十歲時死於肺結核……大約從一八九〇年起，小城有了兩名騎自行車的……那時候自行車叫腳踏車或軲轆車……細細的橡皮圈……」奧托卡爾．里克爾先生說著一揮綠棍子，花房的牆上便出現了一條花園小路，一群大鬍子男人在騎自行車，他們身穿馬褲和條紋襯衫，小帽上綴著花結，一個個拚命想超過別人，舉著手臂衝刺，一旦打滑，賽車選手便高高地飛進了灌木叢，如果是草原，則仰天摔下，在地上滾了又滾，像做噩夢的人把床單纏繞在身上。有個參加比賽的騎車人甚至靠離心力在轉彎的地方凌空飛起來，他還握著把手，自行車飛到空中，他想把它踢掉，但連車帶人撞在一面玻璃牆上，只聽得劈啪一聲巨響，玻璃碎了，但奧托卡爾．里克爾先生一舉綠棍，人和自行車以及破碎玻璃便都停留在停屍間的牆上，猶如換了一張宣傳畫」……卡萊爾．費波內先生理了理領帶，該輪到他了，他跪下對著床單裡該是大伯耳朵的地方愉快地唱起來：「我的爸爸要我去地下室取葡萄酒……我拿了一團結實的細麻繩……我在繩子上塗了蜂蠟……幾支蠟燭和兩盒火柴，因爲地下室的過道一片漆黑……」費波內先生唱到這裡打住了，他轉過身，里克爾先生揮一下綠棍子，挨著費波內先生跪下，科希內克先生彎下腰，三位見證人腦袋湊在一起合唱：「地下室的過道一片漆黑……」他們愉快地唱著，親切地微笑，邊唱邊往後退，只是費波內先生還對著死者的耳朵滿意地唱：「我把細繩子牢牢地繫在地下室的酒桶之間，出發去旅行……手裡拿著點燃的蠟燭，脖子上繞著緩緩抽出的細繩子……無數通道通向四面八方……整個地區和野外……大老鼠在燭光中大得像貓……繫著繩子我來到廣場，來到黑死病紀念柱前，黑死病紀念柱上有聖母的雕像……我再往前走，直走到多切卡餐廳附近……就在那裡我看見地上有個東西，看著像是馬刺的東西……我低頭去看時，蠟燭突然滅了……好像給人吹滅了……」卡萊爾．費波內先生於是開始朗誦，他轉身對著我，他的目光說明舊時代的見證人尙未走出地下通道，尙未走出時間停止了的小城的地下通道。我不禁大喊：「大伯已經去世，你們爲什麼對他歌唱？」三位舊時代的見證人站成一排，相互摟著肩膀，像舊時代人們照相時對著鏡頭微笑，可花房裡並無照相機，他們眼睛一眨也不眨，臉上帶著最美的微笑看著我，彷彿我就是一架照相機。這時突然，一個小夥子身穿水手服，長褲和大領子的藍色夾克，頭上戴一頂有文字的水手小圓帽，他朝大伯的遺體走去，沙子在他腳下喀嚓喀嚓地響，腳後跟那裡的襪子上有個洞，從而我認出來這是我的兒子泰奧，他跟我們不同，他多年前就離家出去闖天下了。他摘下帽子朝大伯的遺體鞠躬。我喊叫起來：「我害怕，我害怕！」「用不著害怕，」他朝我笑笑，「我們都一樣。」我也跟大伯一樣算作闊佬，在我們家他覺得是做客，他睡在工人宿舍，只有一張單人床和一個櫃子。那裡是他的家，與自己人在一起，他過的始終是工人的生活。「我也會到你這裡來的。」我閉上了眼睛，「我知道，我知道。」儘管這樣，我還是喊叫：「我害怕，我害怕，我害怕！」三位見證人用合唱回答我：「我們活在世上的時候，我們也常常害怕。」說著他們朝我舉起手，手勢和目光都洋溢著熱情……他們倒退著退出了花房。我的兒子已經走了。我連忙跑出花房，在小路轉角處的沙地上我滑倒了，可是我爬起來跑進前廳，那裡有兩位老太太坐在輪椅上，她們神情嚴肅，手臂靠在輪椅的扶手上，就這麼像斯芬克斯似地坐著。我克制著內心的激動，問道：「有沒有三位先生從這裡經過？就是陪伴我的那三位舊時代的見證人？他們穿藍色西服，繫橘紅色的領帶。」兩位老太太一動也不動，那側影活像兩隻不停向前的飛鳥。她們只搖搖頭。我說：「妳們在這裡坐了有多久？」兩人中的一位用手指表示從兩點鐘起。這麼說，他們沒有從這裡經過？我拍了一下手，〈哈樂根的數百萬〉的樂曲連同有線擴音器落到我的手上，小提琴的樂聲此時聽起來彷彿是動人的廉價責備，但很眞實。我接著跑到大門口，勃爾卡先生坐在那裡，他呆呆地看著我，看著我但視而不見，我不得不用手掌搧扇子似地在他眼前揮動。他終於清醒過來，眨眨眼睛，問我：「您找誰？您來探望哪一位？」我說：「勃爾卡先生，您想一想，我昨天還經過這裡，您向我要那頂海軍帽來著……對吧！」我懇求說。可勃爾卡先生感到莫名其妙：「什麼帽子？您是誰？」我說：「勃爾卡先生，看在上帝的份上，我不是經常和三位舊時代的見證人進城時從這扇門裡出去嗎？」勃爾卡先生越發糊塗了：「什麼見證人，您在說些什麼呀，我倒眞要弄弄明白了……他們姓什麼叫什麼？」我耐心地回答他，並且把三位舊時代的見證人，我最好的朋友，三位先生的姓名寫在紙上。勃爾卡先生拿起電話與辦公室說了好久，當他放下話筒時，滿意地說：「瞧，這裡沒有這幾個姓名，這裡從來就沒有哪位先生叫這姓名，您是誰？」我說：「勃爾卡先生，我和我丈夫就住在這裡啊，我丈夫的哥哥，我們親愛的大伯，昨天去世了，現在躺在停屍間。」勃爾卡先生說：「躺就躺著吧，不過我放您進去只是爲了讓您去與他的遺體告別。」「是的，」我說，「是的。」我重複一遍，朝勃爾卡先生鞠了一躬……之後，我跑上樓去回到自己屋裡，弗蘭欽不在，我取下床單，幽暗中，我從床頭櫃裡取出所有的東西，摸摸口袋，對，我的身分證在口袋裡，我把床單的四個角打成兩個結，把這包裹背在背上走下樓，走進門廳，在半明半暗中坐在掛鐘底下，鐘擺平靜地來回擺動，我掏出身分證拿給某個尚未到來但我確知必定會來的人看……

尾聲

超過四分之一世紀，我在一個業餘劇團當演員。我演出過六百多場戲，爲此得過獎狀和一枚很大的、刻有感謝詞的戒指。因而我，一個表演過那麼多不同類型的婦女，有時確實難以分辨自己是在演戲還是在現實中生活。我聽了那麼多廣播節目，看了那麼多電影和電視連續劇，最後，我已不再分辨什麼事情眞正發生在我身上，還是發生在別人身上。在這四分之一世紀期間，我在時間停止了的小城的業餘劇團裡當演員，每兩個月，我在二十場排練中度過，背臺詞，彩排三次，然後幾場演出。在此期間，我只能像劇中那個女人那樣生活，不能有另外的生活另外的思想。比如我演薇拉．貝麗這個姑娘，她殺死了自己的孩子，約翰．高爾斯華綏[44]在他的劇本《窗戶》中就是這樣寫的。天哪，這怎麼行！我只是唸臺詞，弗蘭欽卻嚇壞了。我殺死了自己的孩子，我，爲每一頭小豬流眼淚的人，竟殺死自己的孩子。在演兇手之前，我爲這個角色哭了多少次啊。

可當弗蘭欽還驚魂未定地躲避我時，我卻已在其後的兩個月排練劇團的另一齣戲碼，在這齣劇中我是個十足的野姑娘，那是在《天堂花園》裡，我演狄麗．哈賽爾貝格洛娃，她是夜總會的歌手，曾住在羅馬尼亞克勞森堡的天堂花園，第二幕裡，住在義大利里維艾拉的伊甸園旅館。直到今天，過了那麼多年之後，我還能毫無困難地背誦約翰．高爾斯華綏的劇本《鬥爭》裡小斯坎博爾、艾米麗．蓓爾尼尼奧娃、約翰．安托內的女兒艾倪達．恩德烏朵娃這些角色的臺詞。可憐的弗蘭欽，我滿腦子都是別人的生活而不是自己的。我最喜愛的角色，《茶花女》中動人的法南卡，鞋匠馬狄阿什．斯克希罔克的女兒……還有《南寧卡．庫里霍娃的婚事》中的南寧卡，還有《蒙特瑪律特酒吧》裡的吉內特，《齊希爾》裡的女教師羅拉，《露申措娃的羅曼司》裡的揚娜．康貝洛娃，《理想夫婦》裡的謝黛爾諾娃夫人，或者《草帽》裡的安娜依斯．畢烏佩爾特索娃。直到今天，我還能背誦那些角色的臺詞，如《稻草人》裡俄爾普斯演出隊的舞蹈演員奧爾嘉，《青春的回歸》裡隊長的妹妹茨姬斯．朵娜托娃，《狼人》一劇中卡帕布朗克公爵的侄女卡米爾，《會說話的猴子》裡的內麗．高德斯米托娃！還有《查理的姑媽》中斯丹奮．斯畢基格的養女克依琪．弗爾杜諾娃，或者《小姐的丈夫》裡帕費爾．卡爾斯登的妻子麗絲裴塔。畢竟我有二十五、六年不是我自己，當我表演的時候，我時而是個小姑娘，時而是名門閨秀，時而又是妻子，是成年兒子的母親，有時候我不得不扮演娼妓、殺人兇手，因此要我理解舊時代見證人講述的那些事情，想像〈哈樂根的數百萬〉，還會有什麼問題呢？我的眞實故事卻是：我必須離開啤酒廠裡我那四間一套的住所，我和弗蘭欽以及佩平搬進了河畔的小別墅，一座我親自繪圖設計的房子，沒想到我這是給自己，給弗蘭欽和佩平，給來訪的客人們設置了一個陷阱。我繪出這寓所的設計圖時，人人看了都十分興奮，交口稱讚，可當我們搬家，把所有那些破爛東西統統從啤酒廠搬來時，拉貝河畔的這座小屋就裝得滿滿當當直至堆到屋頂；滿院子都是汽車零件、木板和各種各樣的破玩意兒，它們不友善地瞪著我，我則怎麼也想不明白哪裡來這麼多的破爛東西。最荒唐的是這房子的過道，所有的房門都通向這個過道，它的面積卻不比兩張小地毯大多少。過道的門，儲藏室的門，廁所的門，廚房的門，臥室的門，飯廳的門。於是，一天就會有好幾次發生這樣的情況：我家的人或者來訪的客人在這狹小的過道、這

44 約翰·高爾斯華綏（John Galsworthy,1867~1933），英國小說家，戲劇家。

小小的前廳給撞傷，一天有好幾次廚房或飯廳裡的人會嚇得發呆，不知道那可怕的驚叫、咒罵和道歉是怎麼回事。原來無論什麼時候有人去廁所，無論什麼時候我去儲藏室，總會碰上有人開門，而所有的門都通向這小小的前廳，於是門和門卡住了，總有人會受傷。最常受傷的是佩平大伯，他上廁所的次數比別人多，他總是馬上要從廚房裡出去，但我拿著啤酒也同時想最快地穿越，於是啪的一聲響，接著是叫嚷，兩人在半明半暗中撞個滿懷……結果是，佩平大伯已經在廚房門口轉過身，稍稍打開廁所門正想溜進去，就在這時，弗蘭欽卻從放著書桌的臥室裡出來……天天都是這樣，誰也不知道該在什麼時候上廁所，因爲我們都很羞怯，上廁所誰也不聲張，總是默不作聲地去了廁所，像沒有去過一樣。誰若是從廁所裡出來被人看見，他就會臉紅，坐在桌旁很久才能平靜下來。因爲正在某個意料之外的時刻，當來訪的客人或我們自己人想最迅速地溜過去，裝作若無其事的樣子，就在這個時刻過道裡的另一扇門推開撞痛了客人或我們自己家的人，這簡直糟透了。我們從門扇中解脫出來，坐下了，感到吃驚，默默地相互埋怨，因爲我們從來都無法知道自己有什麼錯。因此，當大伯已經不能行動，已經癡呆，進了養老院，進了史博爾克伯爵府的病房區時，我去探望他，這座莊園的設計和建築令我吃驚。它的房門都在一條長長的走廊盡頭，走在這裡，只有當別人從另一面開門時才會受到威脅，可那面沒有人，這就是莊園的秩序。當我頭一次從莊園回到家，我突然看到自家房子的構造有多荒唐，在這座被我視爲生命的房子裡，我和弗蘭欽以及來客依舊在過道裡撞來撞去，每天我都要被劈啪相撞的門聲嚇得什麼似地，於是，我想住進這個莊園，現在是養老院的莊園，這裡的走廊和房門不會把人擠傷。因此我夢想住進這養老院，希望住在這古老的伯爵府裡，漫步在它的花園，觀賞美麗的年輕女人的雕像，我一直想哪怕要付出與四個或八個人同住一室的代價也行，我憧憬著夫婦有一個小房間的童話……此外吸引我的還有中央暖氣設備。莊園裡所有的走廊，所有的盥洗室，所有的房間和大廳，都是從秋季起就始終溫暖……而在拉貝河畔的小屋，從秋季到春季都是風雨敲打著玻璃窗，哪裡也躲不掉寒風。我和弗蘭欽取暖全靠一個火爐，弗蘭欽割下幾塊輪胎放進火爐；輪胎燒得挺好，有一會兒工夫把爐子都燒紅了，可我們兩人拉著手取暖，也只有離火爐幾公分才是暖和的。這間屋子的設計圖也是我繪的，仿照英國樣式，城堡式的一面玻璃牆，六大扇玻璃窗幾乎構成整個牆面，而這些窗正對著拉貝河，河面上寒風夾著冷雨呼嘯，這裡的穿堂風活像要把房子颳掉，我覺得彷彿有人把冰冷的手按在我的腦門上、脊梁上。我們即使穿上皮大衣，也還是凍得發抖，即使火爐裡燃燒著褐煤和幾塊輪胎，我們也像下雪天的鵝。房子裡總有風和穿堂風，吹得水面上一層土，結成冰。這也是由於所有的門都通往狹小的前廳，即使屋裡只有我們兩個，風也會吹得弗蘭欽的褲腿鼓鼓囊囊，一塊掉下的手帕被穿堂風捲起甩到門上，風颳掉了桌上的鹽瓶和胡椒瓶，颳倒了我種著仙鶴來的花盆，我最喜愛的仙鶴來……尤其夜裡或傍晚，總在我們沒料到的時候，穿堂風吹開一扇門，緩緩地。我們站起身，誰到我們家來了吧？我們呆呆地聽著，誰正走進來，但穿堂風和河面上吹來的風突然颳大了，門狠狠地撞上，就彷彿一位客人被我們得罪了，使勁把門砰地甩上，似乎在說，從此再也不來了……這一切都由於我繪製了一座自以為是理想的別墅，而在實際生活中卻使我們失望。我們當初是被喀爾巴阡高山上的一座神祕的城堡迷住了，喀爾巴阡山，一個有著蠟像陳列館和許多遊樂場的旅遊勝地……我們常常想，把這房子賣掉吧，另買一座像鄰居家那樣的房子，兩節火車車廂那麼大，燒一個火爐就暖和了；我常去他們家烤火，令我驚異的是屋子裡非常安靜，儘管屋外寒風咆哮，雨雪紛飛……房子裡的窗戶小小的，就像火車上緊靠火車頭那節車廂的小窗子，也像山上茅屋的小窗子。甚至這裡的灶臺從秋天到春天都夠暖和的；普通的廚房裡的灶臺，灶膛裡燒木柴、垃圾，加一鏟子煤，屋子裡就暖和得像現在這史博爾克伯爵府，這養老院一樣。在這裡的病房，佩平大伯正在漸漸枯萎。這伯爵府在我看來猶如夢境，我常常躺在小屋裡，身上蓋幾條毯子，穿堂風把小屋的一扇門猛地吹開，風大得險些把門上的合頁鉸鏈拽下來，之後再一次吹開，有時候門就吹開不關閉了，於是那裡展現了美麗的巨大畫面，昔日啤酒廠的美好畫面，我在伯爵府看到的美好畫面。我不僅把自己放進這些畫面，而且也把弗蘭欽放進去，他比我更愛溫暖……可河對岸突然颳來一陣狂風，劈開昔日墓園的圍牆，一塊牆磚撞破了六扇玻璃窗的一扇，我知道這很糟糕，狂風吹開了關閉的房門。弗蘭欽連忙跳起身，可在過道裡他已捉不住門把手，風的力氣比他大，所有的門都吹開了，廁所裡的毛巾高高飛揚，猶如發瘋的受驚母牛的尾巴。在儲藏室，穿堂風輕飄飄地掀翻小架子，鬧著玩似地把果醬瓶、水果罐頭叮叮噹噹掃到地上。狂風衝進臥室，撞開窗戶，把窗簾吹得筆直，旗子似地啪啪響，旗杆上的濕旗子。我把毯子緊緊地裹在身上，風這時停了，但隨即彷彿吸足了氣朝我的床猛撲過來，把床舉起，把我翻倒在地毯上……弗蘭欽站在過道裡，我親自繪圖設計的小過道，六扇房門交替著吹開又猛地關閉，弗蘭欽竭力想抓住一扇，但另外那幾扇這裡開那裡關，弄得他團團轉，他跌倒又爬起來，彷彿置身在渦旋式洗衣機裡，被門扇不規則地猛一擊，又倒下了……後來出現了這樣的時刻，是我們沒有料到的，也許正是為此，狂風才颳到這裡來……臥室裡的那個大櫃子，一陣穿堂風把它吹倒了，櫃子破裂，於是整個房子就充滿了香粉味。裝著過時潤膚霜的小瓶子小盒子破了，花露水淌了一地，這些都是我們分送友人剩下的，他們幫助弗蘭欽裝配汽車。突然間這個裝著奧麗姆存貨的大櫃子成了一種譴責，責備我們早已忘記的一次過失……然而，所有這些香味，這些廉價的香粉，卻突然間使我有所領悟，突然間我發現，實際上我根本就沒有什麼要爲之感到羞愧，說我不是小資產階級我有理由反對，我是小資產階級，只是後來走錯了路，爲了稍稍爭取獲得幸福的權利，我遷就了弗蘭欽，他於是勝利了，神氣起來，成了我的主人……我挺身而立，穿堂風颳起全部香味抽打我的臉，它吹開了所有的香粉盒子，我站著，跌倒在地，可我又站起來，哈哈地笑了，體會到我親自繪圖設計的有六扇門的這個小前廳，就是爲了這個時刻，爲了在這個時刻徹底清掃使我難受的東西。在這個時刻，我認識到我要置身的地方是這裡，是養老院，而不是別的地方，在這個時刻，穿堂風把這些我辨認得出、叫得出名字的香噴噴的東西抽打到我臉上，然後把它們攆出破窗戶，攆上天空，攆到墓園後面的什麼地方，河水後面的什麼地方；豐乳藥片，拉瓦利艾香精……各種香氣襲人、誘人、迷人的香水，玫瑰香，睡蓮香，丁香，素馨花香……持久的異香……香芹味的優質洗髮水……消除皺紋的祕魯香皂，被風吹得冰塊似地在地上滾著……飽含林中野花香味的潤膚香皂……產自漢堡得以延長青春、推遲衰老的白樺香味的藥水潑灑到牆上……使纖纖素手格外奪目的維納斯珍珠粉打翻了，並且揚起一團粉紅色的粉末香霧，夢幻牌鈴蘭香水，所有女人都喜歡的不含酒精的香水，百合花香味的香皂，狂風甚至把盒子裡的東西吹出來貼到我的腦門上，消除皺紋的帶子、髮水，清潔牙齒和嘴巴的漱口水，臥室的地板上此刻有什麼液體在流淌，我用手指蘸了一聞，是硼砂香波……讓脖子和手美麗動人的香露……又一陣狂風闖進我們的房子，把扣在地上的空櫃子吹起來，隨後，繞著它吹，接著把它重重地摔在那一堆亂七八糟的香東西上……我知道，這一摔是砰的一聲把我的過去徹底用蓋子蓋上了，一切都已結束，這將是我的奧麗姆之後，我們將把這一切送到垃圾場，我已經沒有任何壓力，一切都掃光了，恰像一個孩子在玩完了玩偶之後，嘩啦一下把它們從桌子上掃掉了，用以增強遊戲的荒誕性……

譯後記

博胡米爾．赫拉巴爾是二十世紀下半葉捷克最重要的作家。他踏上文壇起步較晚，一九六三年，他的第一部小說《底層的珍珠》出版時，已四十九歲。但該書一經問世，便受到評論界的看重，普遍認爲這是一位富有獨創性的成熟作家。次年，隨著他的代表作《中魔的人們》出版，赫拉巴爾的聲望便已確立。

赫拉巴爾一九一四年出生在布爾諾，童年和青少年時期在小城寧布克度過。父親是該市啤酒釀造廠的經理，母親爲業餘演員，家庭生活優裕。他一九三五年入布拉格查理大學攻讀法律。一九三九年，德國納粹占領軍關閉了捷克高等學府，赫拉巴爾因而輟學，戰後回校完成學業並取得法學博士學位。自一九三九年起，有二十餘年時間，他先後從事過十多種性質不同的工作，當過公證處職員、商業學校行政人員、倉庫管理員、鐵路工人、列車調度員、保險公司職員、商品推銷員、鋼鐵廠臨時工、廢紙回收站打包工、劇院布景工和跑龍套演員等等，一九六二年以後，專門從事寫作。多種多樣的生活經歷，爲他的小說創作積累了豐富的素材，他說過：「我的作品實際上是我生活的注釋。」也正是由於他長期生活在底層勞動者中間，他的小說才有那樣濃厚的世俗氣息，被譽爲「最有捷克味」的捷克作家。

一九六〇年代，捷克文壇在擺脫了僵硬的教條主義文藝政策束縛之後，作家們都在尋找和探索新的創作道路，赫拉巴爾也不例外。他思考「小說能否以另一種形式寫成」，「寫出從形式到內容都一反傳統的作品來」。他爲自己的小說創造了一個捷克語新詞：Pábitelé（中魔的人們），他用這個詞來概括自己小說中一種特殊類型的人物形象。這些人物「善於從眼前的現實生活中十分浪漫地找到歡樂」，他們透過「靈感的鑽石孔眼」觀看世界，他們因看到的汪洋大海般的生活幻景而讓自己興奮萬狀，讚歎不已，於是滔滔不絕地神聊起來，在沒有人聽他們說話時，他們便說給自己聽。他們說的那些事情，既來自現實，又充滿誇張、戲謔、怪誕和幻想。這些人表面上豪放開朗、詼諧風趣，但他們透過「靈感的鑽石孔眼」所展示的世界，跟現實形成強烈反差，從而映襯出主人公處境的悲慘，帶有悲劇色彩。

赫拉巴爾的作品以生動、獨特的語言取勝。他的小說沒有多少情節，結構一般都較鬆散，主人公都是平凡百姓。赫拉巴爾喜歡與普通人聊天，他經常光顧的地方是布拉格的小酒館，「小酒館故事」成爲他創作的一大源泉。他的語言夾雜著許多布拉格的俚語和隱語，捷克讀者讀來心領神會，感到親切生動，富有魅力。

一九六〇年代，捷克社會動盪，風雲多變，有些作家流亡國外，但赫拉巴爾沒有離開祖國，在艱難的條件下寫出了《過於喧囂的孤獨》、《我曾侍候過英國國王》，還有回憶錄三部曲《剪掉辮子的女人》、《甜甜的憂傷》和《時光靜止的小城》（原名《哈樂根的數百萬》）等一系列重要作品。一九八七年，赫拉巴爾將這三部曲合成一冊，取名《河畔小城》。

在三部曲《河畔小城》中，作家以清新的筆調，富有情趣地記敘了他在故鄉小城度過的幸福童年。《剪掉辮子的女人》和《時光靜止的小城》寫他那美麗、活潑、熱愛戲劇表演的母親。《甜甜的憂傷》則是他本人的童年回憶，透過一雙天眞、好奇的孩子的眼睛，觀看世態人情。赫拉巴爾在小說中也常寫動物，借動物以喻人生。貓是他常寫的寵物。《河畔小城》中，除了貓，他還寫了人的另一忠實朋友——馬。啤酒廠兩匹幾十年拉車送貨的老馬即將被送往屠宰場去宰殺，老馬深夜來到主人門前嘶鳴。這樣的篇章，作者寫得細膩生動，讀來不免令人心悸，讓人浮想聯翩，悵然若失。

楊樂雲

二〇〇七年八月二十八日

國家圖書館出版品預行編目（CIP）資料

河畔小城三部曲. 三 : 時光靜止的小城 / 赫拉巴爾(Bohumil Hrabal)著 ; 楊樂雲譯. -- 初版. -- 臺北市 : 大塊文化, 2017.04
面 ;　公分. -- (to ; 95)
譯自 : Harlekýnovy milióny
ISBN 978-986-213-782-6(平裝)

882.457　　　　106002507

LOCUS

LOCUS